Karussell des Lebens

Juergen von Rehberg

Karussell
des Lebens

Bibliografische Information der Deutschen Nationalbibliothek:
Die Deutsche Nationalbibliothek verzeichnet diese
Publikation in der Deutschen Nationalbibliografie;
detaillierte bibliografische Daten sind im Internet
über http://dnb.dnb.de abrufbar.

Herstellung und Verlag: BoD – Books on Demand,
Norderstedt

ISBN: 978-3-7448-0907-8

Es fing leicht zu nieseln an, als die <Aurora> am Kai ablegte. Georg stand mit Luise an der Reling und sah hinunter zu den winkenden Menschen, welche ihre Angehörigen und Freunde verabschiedeten, die sich an Bord befanden.

Unter den Winkenden befand sich niemand, den die beiden kannten. Sie hatten ihre Reise nicht an die große Glocke gehängt. Wozu auch, es hätte nur Neider auf den Plan gerufen; vor allem bei ihren Verwandten.

Das Missverhältnis mit den Kindern von Luise würde sich nur noch verstärken, und das wollten weder Luise noch Georg.

Georg war kinderlos geblieben, und als er Luise heiratete, waren deren drei Kinder „not amused".

Das betraf interessanterweise mehr die Tochter Verena als die beiden Söhne Florian und Max. Während die Söhne schon aus dem Haus waren, als Georg in Luises Leben trat – beide lebten in einer festen Beziehung und hatten ihre eigenen Wohnungen – lebte Verena noch im <Hotel Mama>.

Georg und Luise machten schon nach kurzer Zeit Nägel mit Köpfen. Luise zog in das Haus von Georg und überließ ihre Wohnung, mitsamt der Einrichtung und fast dem gesamten Hausrat, ihrer Tochter.

Man hätte nun glauben können, dass Verena vor lauter Glück platzen würde; aber das Gegenteil war der Fall.

Mit einem Schlag wurde ihr die Köchin, die Putz-frau und die Haushälterin genommen, und auch die Gesellschafterin, wenn Verena gerade einmal nichts Besseres vorhatte.

Die Bemühungen seitens Georg verliefen mehr oder weniger im Sand. Das änderte sich auch dann nicht, als er mit Verenas Mutter zum Standesamt ging.

Gelegentliche Einladungen zum Essen wurden zwar angenommen; aber eher aus Gründen der Spar-samkeit, denn der Zuneigung. Und von Dankbarkeit war nicht der Hauch einer Spur.

Es dauerte sehr lange, bis Luise ihre Tochter so sah, wie sie wirklich war und nicht, wie Luise sie durch die liebenden Augen einer Mutter bisher gese-hen hatte.

Das führte immer wieder einmal zu Spannungen zwischen Georg und Luise und drohte bisweilen ihre Beziehung zu zerstören.

Lange Gespräche während ebenso langen Spazier-gängen vermochten mit der Zeit den rechten Blick zu schaffen. Und als die Beziehung von Georg und Luise dann noch amtlich gemacht worden war, begann sich der Knoten zu lösen.

Die Trauung auf dem Standesamt fand im engsten Kreis statt – zwei Heiratswillige und zwei gemeinsa-me Freundinnen als Trauzeugen – und war ruck, zuck erledigt.

Ein paar Fotos im nahe gelegenen Park, ein gemeinsames Mittagessen beim Lieblingsitaliener und am frühen Abend ein Treffen mit einigen Freunden bei einem Heurigen.

Als Anlass galt das einjährige Zusammensein von Georg und Luise. Verena war ebenfalls eingeladen, und sie erschien sogar.

Entsprechend fassungslos war dann die versammelte Schar, als der wahre Grund der Einladung eröffnet wurde. Vor allem Verena, die große Mühe hatte sich nichts anmerken zu lassen, was sie wirklich von der Hochzeit ihrer Mutter in diesem Augenblick hielt.

Max, der ältere von Luises Söhnen, war nicht gekommen. Offiziell war er unpässlich; aber es war Georg ebenso wie Luise klar, dass der Grund der Absage ein ganz anderer war.

Er hatte sich stets als Familienoberhaupt empfunden, nachdem sein Vater Rudolf, Luises Ehemann, an Krebs gestorben war.

Rudolf war Primarius am hiesigen Krankenhaus und ein Mensch, für den das Lächeln eine unnütze Bewegung der Gesichtsmuskulatur war und Lachen etwas völlig Überbewertetes.

Max, sein Sohn, war dem Vater sehr ähnlich, und es war auch zu keiner Zeit eine Frage, welchen Beruf er anstreben würde.

Er schloss sein Studium der Medizin mit „summa cum laude" ab und machte seinen Vater sehr stolz damit. Dieses Gefühl währte jedoch nur wenige Monate, denn der Krebs verrichtete unaufhaltsam sein tödliches Werk.

Obwohl seine Mutter ihn nicht darum gebeten hatte, erhob sich Max spontan zum Familienoberhaupt, und er sah seine vornehmste Aufgabe darin, für seine Mutter Entscheidungen zu treffen, was Luise nicht immer goutierte.

Es war unergründlich, warum sie dennoch Max so viel Einfluss auf ihr Leben nehmen ließ. Fand der liebe Sohn einen Menschen, der sich Luise nähern wollte, nicht gut genug für die Mutter, so erklärte er den Menschen ganz einfach zur „Persona non grata", und die Mutter fügte sich.

Dies betraf Menschen beiderlei Geschlechts; aber vornehmlich die Männer. Es liegt nahe, dass er keinen Konkurrenten in seinem Revier duldete, weil er fürchten musste, die Macht über seine Mutter einem anderen übergeben zu müssen.

Seine Geschwister, Verena und Florian, beugten sich nur scheinbar dem Despotismus ihres Bruders. Verena nahm ihn nicht ernst und Florian zog es vor, den Weg des geringeren Widerstands zu gehen.

Als Max dann später seine Almut kennenlernte, ließ er von seinen bisherigen Opfern ab, um sich bei Almut zu verwirklichen. Da hatte er sich jedoch total verrechnet.

Almut Heinrich war Einzelkind und die verwöhnte Tochter von Landesgerichtsrat Dr. Gustav Heinrich. Selbiger diente dem Gesetz mit strenger Hand, und seine Gene fanden sich in Reinkultur bei Tochter Almut wieder.

Aus dem Herrscher Max wurde der Untertan Maxi, und schon in der Verniedlichung seines Namens spiegelte sich die Dominanz seiner Herrin wieder.

Zwei Kinder später war Maxi ein braver Ehemann und Vater, und für seine Mutter und seine Geschwister keine Bedrohung mehr.

Florian, das Nesthäkchen, hatte sein Abitur mehr erschlichen, denn erarbeitet. Als er zu studieren begann, zog er in eine Kommune mit drei anderen verkrachten Existenzen und widmete sich mehr dem Konsum von berauschenden Substanzen, als dem eigentlichen Studium.

Er hatte es inzwischen schon zum dritten Studiengang gebracht; wohlgemerkt ohne die ersten beiden zu einem Abschluss geführt zu haben.

Das Medizinstudium, der Versuch es dem großen Bruder gleichzutun, scheiterte schon sehr früh. Viel zu schwieriger Lehrstoff, zu viel Latein; einfach von allem zu viel.

Das Philosophiestudium, ein Trend der Zeit und total en vogue, war eine völlige Misswahl. Die Entscheidung, sich dafür einschreiben zu lassen, war wohl von zu vielen „Tütchen" geprägt gewesen.

Dann die richtige Entscheidung: Englisch und Geschichte auf Lehramt.

Luise war damals sehr erleichtert, dass ihr kleiner Liebling endlich zu sich gefunden hatte, und sie ließ es willig geschehen, dass der Herr Studiosus regelmäßig zum Inkasso vorbeikam.

Inzwischen war er Lehrer an einer Grundschule auf dem Land und verheiratet mit Maria, einer jungen Frau aus der Landwirtschaft.

Ihr Vater, Landwirt und Bürgermeister in Personalunion, sah es nicht ungern, dass mit seinem Schwiegersohn ein gewisser Glanz in die Familie kam.

Er ließ es sich auch nicht nehmen für das junge Glück einen günstigen Baugrund zu besorgen und die finanziellen Mittel zum Bau eines kleinen Häuschens beizusteuern.

Einzig Verena, das Fräulein Tochter, befand sich noch in der Selbstfindungsphase. Abitur ja – Studium nein. Eine Modelkarriere und vielleicht zum Film; das waren immer die Pläne der jungen Dame.

Aus beiden Träumen wurde jedoch nichts. Es reichte lediglich zum Job in einem Nagelstudio; als Übergangslösung, versteht sich.

Luise war gar nicht so unglücklich über diese Konstellation. So war sie wenigstens nicht allein, und manchmal saßen die beiden Frauen sogar zusammen und verbrachten einen netten Abend.

Das war meistens dann der Fall, wenn lieb Töchterlein finanziell etwas klamm war und einen kleinen Zuschuss von ihrer Frau Mama anstrebte.

Luise verweigerte diesen auch nur selten; höchstens dann, wenn die zeitlichen Abstände sehr eng beieinanderlagen.

****

Die Aurora hatte Fahrt aufgenommen und die winkenden Menschlein am Kai waren inzwischen nur noch als kleine Punkte wahrzunehmen.

„Freust du dich noch immer auf unsere gemeinsame Reise?", fragte Georg, der seine Luise umfangen hielt.

„Sehr sogar, mein Schatz", antwortete Luise. *„Warum fragst du? Hast du gedacht, ich hätte meine Meinung geändert?"*

„Nein, natürlich nicht", antwortete Georg, *„ich wollte es nur noch einmal von dir hören."*

„Und dass wir den Kindern nichts gesagt haben, ist doch für dich auch in Ordnung, oder?"

„Was ist los mit dir?" sagte Luise etwas verwirrt ob der Fragen, „kann es sein, dass dich irgendetwas beschäftigt, von dem ich wissen sollte?"

„Nein, es ist alles in Ordnung", beeilte sich Georg zu bekräftigen, „ich bin wohl nur etwas aufgeregt."

„Dann lass uns hineingehen und etwas trinken, damit du dich beruhigst."

„Alkohol mitten am Tag?" fragte Georg, der solches Ansinnen von seiner Luise nicht kannte.

„Wer hat denn etwas von Alkohol gesagt", antwortete Luise, „ich dachte da eher an Tee."

„Ach so", sagte Georg und lachte.

„Andererseits – wir machen schließlich Urlaub. Und da gehen die Uhren bekanntlich etwas anders als sonst."

Kurz darauf saßen sie an der Bar und Luise sagte mit sichtlichem Vergnügen zu dem Barkeeper: „Zwei Glas Champagner, bitte!"

****

Die gebuchte Reise auf der MS Aurora entsprach genau den Vorstellungen von Georg und Luise:

7 Tage durch das westliche Mittelmeer mit den Reisezielen Cannes, Palma de Mallorca, Barcelona, Ajaccio, Civitaveccia, Rom, La Spezia und zurück nach Genua.

Das „Rundumsorglospaket Exklusiv", das Georg gebucht hatte, beinhaltete Vollpension, Pool, Freizeitprogramm, Fitnesscenter, Sport an Deck und diverse Shows am Abend. Und es bedeutete auch 24-Stunden Kabinenservice, Frühstück in der Kabine und Priorität bei der Wahl des Essenssitzplatzes.

Luise war zu Beginn der Planung für diese Reise etwas skeptisch. Die Vorstellung mit vielen Menschen auf einem Schiff „eingesperrt" zu sein, ängstigte sie ein wenig.

Das war mit einer der Gründe, dass Georg dieses „Luxuspaket" gebucht hatte. So bestand die Möglichkeit für sie in ihrer Kabine verweilen zu können, wenn sie einmal für sich sein wollten.

Die Kabine war großzügig bemessen und hatte einen kleinen Balkon, welcher den Blick auf das Meer freigab.

Als sie am Hafen angekommen waren und ihr Domizil für die kommenden Tage erblickten, wurden sie von der Größe des Schiffs beinahe erschlagen.

„Eine Nummer kleiner hätte mir besser gefallen", sagte Luise, und diese Bemerkung war wohl auch der Anlass, dass Georg bei der Abfahrt so komische Fragen gestellt hatte.

Aber jetzt saßen sie erst einmal an der Bar und genossen ihren Champagner.

„Auf eine schöne und interessante Reise!" sagte Georg und stieß mit Luise darauf an.

Luise erwiderte den Wunsch mit einem liebevollen Lächeln.

Was beide in diesem Augenblick nicht wissen konnten, war die Tatsache, dass einiges während der Reise geschehen würde, das ihr Leben verändern sollte.

****

Das Schiff hatte um 20:00 Uhr abgelegt und war jetzt auf der Fahrt nach Cannes, der Perle an der Côte d'Azur.

Georg und Luise hatten es sich in ihrer Kabine bequem gemacht und sahen zu, wie sich der Tag mit der Nacht vermählte.

Sie waren beide Liebhaber der „blauen Stunde". Aus der Anlage ertönte sanfte Musik und bildete die perfekte Ergänzung zu einem Glas Rotwein.

„Ich bin sehr froh, dass wir diese Reise machen", sagte Luise, *„es ist einfach nur schön und es tut der Seele wohl an nichts denken zu müssen, was anstrengend oder gar belastend ist."*

„Meinst du etwas ganz Bestimmtes damit?", fragte Georg besorgt.

„Nein, mein Schatz", antwortete Luise, *„es fühlt sich alles gerade so leicht an. Und das gefällt mir."*

„Das freut mich", sagte Georg, und er küsste seine Liebste auf die Stirn.

Als sie nur wenige Zeit später schlafen gingen, dauerte es nicht lange, bis sie eingeschlafen waren. Die Anreise mit dem Flugzeug, das Einschiffen und die vielen, neuen Eindrücke hatten ihre Spuren hinterlassen.

****

„Guten Morgen, mein Schatz!"

Luise war – wie an jedem Morgen – als erste aus dem Bett gestiegen und unter die Dusche gegangen.

„*Hast du gut geschlafen?*", fragte Georg.

„*Wie ein Murmeltier*", antwortete Luise, „*aber jetzt schnell unter die Dusche; ich habe Hunger.*"

„*Bestellst du uns schon einmal das Frühstück?*" sagte Georg.

„*Nein*", antwortete Luise, „*ich möchte nicht in der Kabine frühstücken.*"

Diese Antwort überraschte Georg und er sagte:

„*Ich dachte, es wäre dir lieber.*"

„*Nein*", antwortete Luise, „*und jetzt raus aus den Federn. Lass uns dem Tag ein Bein ausreißen!*"

Georg schaute seine Luise an. Er fragte sich, was in dieser Frau gerade vor sich ging. Zuerst die Skepsis, die Kreuzfahrt überhaupt zu machen, und jetzt dieser unerklärliche Überschwang.

„*Dann machen wir das so*", sagte er mit einem kräftigen Schuss Wohlbehagen und verabschiedete sich in das Badezimmer.

Luise hatte inzwischen das Bord-TV eingeschaltet und registrierte die verheißungsvolle Ansage für den Tag:

Morgentemperatur 17° - zu erwartende Tagestemperatur 25° bei klarem Himmel und Sonnenschein.

Voraussichtliche Ankunft in Cannes ca. um 10:30 Uhr.

Als Georg aus der Dusche kam, sagte Luise:

„Hurtig, hurtig, mein lieber Gemahl; wir sind in ein paar Stunden schon in Cannes. "

„Dränge mich nicht so, mein liebes Weib ", antwortete Georg, *„du hast schließlich einen älteren Herrn vor dir und keinen jungen Hüpfer. "*

„Ach was ", konterte Luise, *„man ist stets so alt, wie Mann oder Frau sich fühlt. "*

Georg registrierte diese neuen Töne mit großer Freude. Er konnte sich nicht erinnern, wann er Luise zuletzt so heiter und unbeschwert erlebt hatte.

Nicht, dass Luise schwermütig oder gar depressiv gewesen wäre; aber ihre normale Gemütsverfassung bewegte sich im Bereich von „gefasst" bis „in sich ruhend". Wobei die Betonung auf „ruhend" liegt.

Georg musste in diesem Augenblick daran denken, wie er Luise kennen gelernt hatte. Es war in einem Restaurant.

Er war – aus einer im Nachhinein nicht mehr nachvollziehbaren Laune heraus – zu einem „Speed Dating" gegangen. Wie nicht anders zu erwarten, ergab diese Aktion keinen Treffer.

Er wäre am liebsten schon nach dem ersten Gespräch – wenn man das überhaupt so nennen kann – geflüchtet; zögerte aber damit. Er wollte die anderen nicht brüskieren.

Der „Durchlauf" war noch nicht beendet, als er den separaten Raum vorzeitig verließ, in welchem das Event stattfand, und zurück in den Restaurantbereich ging, um eine Kleinigkeit zu essen.

Das Restaurant war voll besetzt und Georg wollte schon gehen, als er eine der Teilnehmerinnen, bis zu der er augenscheinlich nicht durchgedrungen war, allein an einem Tisch sitzen sah.

„*Gestatten Sie, dass ich mich zu Ihnen setze?*", fragte er die Frau, welche ihm mit einer Handbewegung ihre Zustimmung bekundete.

„*Sie sind wohl auch geflüchtet?*" fragte Georg und blickte in ein verständnislos dreinschauendes Gesicht.

„*Pardon?*" sagte die Frau und schaute nun ihrerseits in das verwirrte Gesicht ihres Gegenübers.

Georg errötete und stotterte: „*Sie waren wohl nicht dort drin?*"

Als er dieses fragte, deutet er in Richtung Nebenzimmer, aus welchem er gerade gekommen war. Er hatte nicht den Mut das Wort „Speed Dating" zu verwenden.

„*Nein*", antwortete die Dame, als welche Georg die Frau zwischenzeitlich ansah, „*ich war nicht beim Speed Dating.*"

Unter Georg tat sich gerade der Boden auf. Er wünschte, er könne sich mit einem Fingerschnippen wegbeamen, wie es einst auf dem Raumschiff Enterprise praktiziert wurde. Nur dass dies ein Restaurant war, und kein Scotty zur Verfügung stand.

„*Das ist mir über die Maße peinlich, gnädige Frau*", sagte Georg und erhob sich von seinem Sitzplatz. „*Ich entschuldige mich in aller Form, und ich werde Sie selbstverständlich allein lassen.*"

„*Dazu besteht überhaupt kein Anlass*", erwiderte die Dame, „*weder für das eine noch für das andere.*"

„*Dann darf ich mich wieder setzen?*" fragte Georg erleichtert.

„*Ich bitte darum*", sagte die Dame mit einem gewinnenden Lächeln.

„*Das ist äußerst liebenswürdig von Ihnen, gnädige Frau*", sagte Georg, und bevor er das Angebot annahm, stellte er sich vor:

„*Erlauben Sie, dass ich mich vorstelle, mein Name ist Georg Heller.*"

„*Angenehm, Herr Heller*", antwortete die Dame, „*und ich heiße Luise Brecht.*"

Damit war das Eis gebrochen und der Weg frei für einen – für beide Teile – erquicklichen Abend.

„Erlauben Sie mir bitte Sie auf ein Glas Wein eizuladen als Wiedergutmachung für meinen schrecklichen Fauxpas?" fragte Georg und Luise stimmte zu.

Einige Gläser später – Georg hatte eine gute Flasche Riesling bestellt – kamen sich die beiden Menschen, die das Schicksal auf so seltsame Weise zusammengeführt hatte, zunehmend näher.

„Was machen Sie beruflich, Herr Heller?"

Mit dieser Frage überraschte Luise Georg. Es brannte Luise unter den Nägeln zu ergründen, warum ein so gutaussehender, mit feinsten Manieren ausgestatteter Mann, es nötig hatte ein Speed Dating zu besuchen.

„Ich bin Taxifahrer", antwortete Georg.

Luise schaute Georg lange an. Die Skepsis in ihrem Blick veranlasste Georg zu sagen:

„Wieso habe ich den Eindruck, dass Sie mir nicht glauben?"

„Bitte, verzeihen Sie", antwortete Luise, *„es fällt mir tatsächlich etwas schwer das zu glauben."*

„Und warum, wenn ich fragen darf?" sagte Georg und schaute Luise erwartungsvoll dabei an.

„Weil, weil…", stotterte Luise, *„ach, Sie machen mich jetzt ganz verlegen."*

Eine leichte Röte, welche sich in Luises schönes Gesicht geschlichen hatte, unterstrich das Gesagte.

„Das tut mir leid", sagte Georg. *„das war nicht meine Absicht."*

„Haben Sie nie etwas Anderes gemacht?", fragte Luise, die sich wieder gefangen hatte.

Georg zögerte, bevor er antwortete. Dann sagte er:

„Ist es Ihnen unangenehm mit einem Taxifahrer den Abend zu verbringen?"

„Um Gottes willen, nein!", stieß Luise hervor, *„Sie verstehen mich völlig falsch."*

„Ich nehme an, Sie sind einen anderen, besseren Umgang gewöhnt als mich. Ich darf mich verabschieden. Ich wünsche Ihnen noch einen schönen Abend!"

Bevor Luise noch darauf reagieren konnte, war Georg aufgestanden und gegangen. Im Hinausgehen hatte er dem Kellner noch einen Geldschein in die Hand gedrückt, um die Zeche zu begleichen.

Luise fühlte sich richtig schlecht in diesem Augenblick. Der Kellner, der bemerkt hatte, dass Luise kreideblich im Gesicht geworden war, ging zu ihr hin und fragte:

„Geht es Ihnen nicht gut, gnädige Frau? Kann ich irgendetwas für Sie tun?"

„Nein, danke", antwortete Luise, „es sei denn, Sie wüssten, wer der Herr ist, der gerade gegangen ist."

„Das ist Herr Heller", antwortete der Kellner zum großen Erstaunen von Luise.

„Und ist der Herr wirklich Taxifahrer?" fragte Luise.

„Ja, gewiss doch", antwortete der Kellner.

„Und hätten Sie vielleicht noch seine Telefonnummer?", setzte Luise nach, „ich meine natürlich von seinem Chef?"

„Herr Heller hat keinen Chef", antwortete der Kellner, „er fährt auf eigene Rechnung. Aber warten Sie einen Augenblick!"

Mit dieser Bemerkung entfernte sich der Kellner, um kurz darauf mit einer Visitenkarte zurück zu kommen.

****

„*Das Frühstück war ausgezeichnet*", sagte Luise, „*aber jetzt möchte ich auf das Oberdeck, um bei dem Anlegemanöver zuzuschauen. Kommst du mit?*"

„*Was für eine Frage*", antwortete Georg, „*das lasse ich mir auf keinen Fall entgehen.*"

Das Anlegemanöver war ein ganz besonderes Erlebnis. Das Navigieren dieses riesigen Schiffes an die Kaimauer nötigte den Zuschauern den größten Respekt ab.

Kameras, Fotoapparate und Smartphones hielten das Manöver für die Daheimgebliebenen fest. Georg und Luise begnügten sich damit die Eindrücke in ihr Gedächtnis aufzunehmen.

Dank des „Rundumsorglospakets" hatten die beiden einen Tisch für sich allein. Er stand in der Nähe der Fensterfront.

Sie empfanden das als äußerst angenehm, dass sie dadurch etwas abgeschieden von den restlichen Passagieren saßen.

Für 11:00 Uhr war laut Tageszeitung eine Stadtrundfahrt vorgesehen. Die kleine Zeitung wurde täglich neu herausgegeben, um die Passagiere über die Möglichkeiten zu informieren, wie man den Tag gestalten könnte. Dasselbe wurde auch über den bordeigenen TV-Kanal ausgestrahlt.

„*Machen wir da auch mit?*", fragte Luise.

„*Nein*", antwortete Georg.

„*Aber warum nicht?*" fragte Luise enttäuscht.

„*Weil wir andere Pläne haben; lass dich überraschen.*"

„*Schade*", sagte Luise etwas traurig, „*das hätte mich schon sehr interessiert.*"

„*Komm mit*", sagte Georg, „*wir haben jetzt eine Verabredung.*"

„*Eine Verabredung?*", fragte Luise erstaunt, „*mit wem denn?*"

„*Das wirst du gleich sehen.*"

Georg ging mit Luise ins Schiffsinnere und führte sie zielstrebig zur Krankenstation. Vor der Tür mit der Aufschrift „Schiffsarzt" blieb er dann mit ihr stehen.

Er klopfte an, und nach einem laut vernehmlichen „Herein" öffnete Georg die Tür.

„*Hallo Georg, ich freue mich sehr dich zusehen!*"

„*Hallo Peter, ich freue mich auch sehr dich zu sehen. Darf ich dir meine Frau Luise vorstellen?*"

„*Sehr gern, mein Lieber; ich war schon sehr gespannt.*"

Die beiden Männer umarmten sich in großer Herzlichkeit. Danach wandte sich Peter Luise zu. Diese hatte das Begrüßungszeremoniell mit offenstehendem Mund verfolgt.

„Ich freue mich sehr, endlich die vielgepriesene Ehefrau meines besten Freundes persönlich kennenlernen zu dürfen."

Mit diesen Worten ergriff Dr. Peter Schilling, seines Zeichens Schiffsarzt auf der MS Aurora, Luises Hand, um einen vollendeten Handkuss darauf zu platzieren.

Luises gequältes Lächeln spiegelte ihre momentane Hilflosigkeit wider. Woher – in aller Welt - kannte Georg diesen smarten Herrn, der sie gerade mit seinen himmelblauen Augen anblitzte.

Georg, welchem die Verwirrtheit in Luises Gesicht nicht entgangen war, beeilte sich des Rätsels Lösung zu offenbaren.

„Luise, das ist Dr. Peter Schilling, der Mann meiner Schwester Brigitte, und mein bester Freund."

„Ich freue mich, Herr Doktor", sagte Luise, die sofort unterbrochen wurde.

„Bitte, nennen Sie mich Peter, verehrte Luise", sagte der Schiffsarzt, noch immer in voller Charmeoffensive befindlich.

„*Und das <Sie> lassen wir auch gleich weg*", mischte sich Georg ein, „*und am Abend wird Brüder-schaft getrunken.*"

„*Aber nur, wenn Luise damit einverstanden ist*", sagte der Herr Doktor.

„*Sehr gern, lieber Peter*", sagte Luise, die sich gerade in einem Strudel totaler Verwirrung befand.

„*Hast du schon einen Plan, was wir heute unter-nehmen können?*", fragte Georg.

„*Ich denke schon, mein Lieber. Lasst euch einfach überraschen. Ich habe noch ein wenig zu tun. Wenn es euch recht ist, dann treffen wir uns in einer Stunde beim Empfang.*"

„*Natürlich, mein Lieber*", sagte Georg und wollte schon mit Luise weggehen, als Peter noch nachrief:

„*Und hebt euch euren Hunger bis später auf!*"

„*Ich denke, du hast mir einiges zu erzählen*", sagte Luise beim Hinausgehen, und der Ton, den sie dabei anschlug, hatte etwas Forderndes an sich.

„*Gehen wir etwas trinken, bevor wir uns mit Peter treffen?*", fragte Georg und Luise stimmte zu.

Als sie wenig später bei einem Martini auf dem Oberdeck saßen und die warme Sonne genossen, er-zählte Georg die Geschichte von Peter und Brigitte.

„Als Peter meine kleine Schwester Brigitte heiratete, hing der Himmel der beiden voller Geigen. Peter war damals ein junger Assistenzarzt und der Schwarm aller jungen Mädchen.

Eines dieser jungen Mädchen war nicht nur meine Schwester, sondern auch Krankenschwester am dortigen Krankenhaus. Sie verliebten sich und heirateten.

Als ein Jahr später die Stelle als Schiffsarzt ausgeschrieben war, hatte sich Peter dafür beworben. Diese Stelle war wesentlich besser bezahlt als der Job im Krankenhaus.

Peter wurde angenommen und schipperte fortan über die Meere. Für die junge Ehe war das natürlich eine harte Bewährungsprobe."

„Ich weiß schon", unterbrach Luise die Ausführungen von Georg, „Peter hat Brigitte betrogen."

„Du irrst dich, mein Liebling", erwiderte Georg, „es war genau umgekehrt. Brigitte hat Peter betrogen. Sie wurde sogar von dem anderen Mann schwanger".

„Und jetzt sind sie geschieden", sagte Luise.

„Du liegst schon wieder daneben", sagte Georg, „die beiden sind noch immer verheiratet. Peter spielt für Kevin den Vater, obwohl er weiß, dass es ein Kuckuckskind ist."

„*Das ist ja unglaublich*", sagte Luise, die gerade im Begriff war sich einzugestehen, dass sie Peter völlig falsch eingeschätzt hatte.

„*Du hast mir nie davon erzählt*", sagte Luise, „*warum eigentlich nicht?*"

„*Weil ich zu Brigitte keinen Kontakt mehr habe. So sehr ich Peter schätze, ja sogar liebe; so sehr verabscheue ich den Charakter von Brigitte.*"

„*Das sind sehr harte Worte, mein Schatz*", sagte Luise, „*aber ein wenig kann ich dich sogar verstehen.*"

„*So, und jetzt Schluss damit. Weg mit den finsteren Gedanken und lass uns auf einen schönen Tag mit einem besonderen Menschen in Cannes verbringen.*"

„*Jetzt kann es losgehen!*"

Mit diesen Worten kam Peter, der seine Uniform gegen bequeme Freizeitkleidung ausgetauscht hatte, auf die Wartenden zu.

„*Habt ihr schon ordentlich Hunger?*"

„*Einen Bärenhunger*", antwortete Luise lachend, die Peter nun mit ganz anderen Augen sah, und Georg fügte scherzend hinzu:

„*Ich könnte einen halben Ochsen verspeisen.*"

„*Na, dann lasst uns losziehen.*"

Cannes hat keinen Hafen, an dem die Aurora fest-machen konnte, und daher ließen sich die drei Freun-de von einem Tenderboot zum <Quai Max Laubeuf> bringen.

„Seid ihr gut zu Fuß?", fragte Peter.

„Kommt darauf an, wie weit wir gehen müssen", antwortete Georg.

„Eine knappe halbe Stunde etwa", antwortete Pe-ter und zwinkerte Luise zu; aber so, dass es Georg nicht sehen konnte.

„Sollten wir nicht lieber ein Taxi nehmen?", sah Georg Luise fragend an.

„Ach was", antwortete Luise, *„ein paar Schritte gehen wird uns sicher guttun."*

„Wenn du meinst", sagte Georg und der Zweifel, der in seiner Stimme mitklang, war nicht überhörbar.

„Et voilà - La Restaurant <Le Saint-Antoine>."

Georg schaute völlig überrascht, als sie – knappe fünfhundert Metern später - das Ziel erreicht hatten.

Sie waren über den berühmten <Boulevard de la Croisette> marschiert und hatten gebannt auf die vie-len Yachten geschaut, die im Hafen vor Anker lagen.

„Du Halunke", sagte Georg zu Peter, *„mich so zu verschaukeln."*

Als Luise sich dem Lachen von Peter anschloss, ging Georg ein Licht auf.

„Du hast das gewusst", sagte er zu Luise, *„aber wieso?"*

„Das bleibt unser Geheimnis, nicht wahr Peter?"

Luise hatte diesen Mann, den sie erst seit kurzer Zeit kannte, in ihr Herz geschlossen, und sie schämte sich fast ein wenig, dass sie ihn anfangs so falsch eingeschätzt hatte.

„Bekommen wir da überhaupt um diese Zeit einen Tisch?", fragte Georg.

„Ganz sicher, mein Freund", antwortete Peter, der einen der Kellner ansprach, um ihm etwas zuzuflüstern.

Kurz darauf kam ein Mann in Kochmontur heraus, ging auf Peter zu, umarmte und küsste ihn, wie man das in Frankreich so macht, und sagte mit Überschwang:

„Pierre, mon cher ami, quel plaisir te revoir!"

„Darf ich euch meinen alten Freund Jean-Michel vorstellen, den Maître de Cuisine dieses Gourmettempels."

Der Maître vollzog das Kussszenario an Georg und Luise, ohne mit der Wimper zu zucken.

Und Peter sagte erklärend zu Jean-Michel:

„Ce sont mes chers amis George et Louise. "

Der kleine, dicke, freundliche Mann mit Menjou-Bärtchen führte die drei Freunde an einen Tisch, winkte einen Kellner herbei und orderte Champagner als Aperitif.

Er stieß kurz mit seinen Gästen an und entschwand dann – entschuldigender Weise – in die Küche.

„Ich habe bei Jean-Michel Austern bestellt ", sagte Peter, *„ich hoffe, ihr mögt Austern. "*

Kaum, dass Peter das gesagt hatte, kam der Kellner mit einer Silberplatte, reich gefüllt mit herrlichen Austern. Dazu wurde ein Körbchen mit Brot serviert und Butter.

„Das ist ein ganz spezielles Roggenmischbrot, das man dazu essen kann; aber nicht muss ", erklärte Peter und weiter:

„Der Wein, der hervorragend dazu passt, stammt aus dem Loiregebiet und hat eine feine Hefenote. Es ist ein <Muscadet de Sèvre et Maine>. "

„Du bist ja ein regelrechter Experte ", sagte Georg anerkennend und Luise nickte zustimmend.

„Dann lass uns auf den Experten anstoßen ", sagte Luise und erhob ihr Glas.

„*Vielen Dank*", sagte Peter und fügte hinzu:

„*Auf einen schönen Urlaubstag und auf die Freundschaft!*"

Die drei Freunde schlürften Auster um Auster, tranken Glas um Glas und erfreuten sich bester Stimmung.

„*Woher kennst du eigentlich den Meister der Küche?*", fragte Luise wenig später.

„*Ich habe ihn vor Jahren über den Küchenchef der Aurora kennengelernt. Die beiden haben zusammen gelernt.*"

„*Kein Wunder, dass wir einen Tisch bekommen haben*", sagte Georg, „*wenn man solche Connections hat wie du.*"

„*Wisst ihr schon, was ihr als Nachtisch wollt?*", fragte Peter.

„*Nichts*", antwortete Luise, „*höchstens einen Kaffee.*"

„*Da weiß ich etwas Besseres*", sagte Peter und winkte den Kellner herbei.

„*Trois Coups Colonel, s'il vous plaît!*"

„*Was ist das?*", fragte Georg.

„Das ist eine gefrorene Masse aus Zitronensaft, Zitronenabrieb und Zuckersirup, übergossen mit einem Schuss Wodka und einem Pfefferminzblatt. "

„Das klingt gut", sagte Luise, „kann es sein, dass ich das als <Zitronensorbet> kenne? "

„Mag sein", antwortete Peter, „aber es ist dennoch nicht ganz dasselbe. "

„Und vergiss nicht das Ambiente", fügte Georg hinzu.

„Das werde ich ganz sicher nicht", antwortete Luise, und zu Peter gewandt: „Vielen Dank, mein Lieber! "

„Es ist mir ein Vergnügen und es bedeutet mir sehr viel, dass ich den Tag mit euch verbringen darf. "

„Was machen wir jetzt weiter mit dem angebrochenen Vormittag? ", fragte Georg.

„Du bist so gut gelaunt, mein Schatz", sagte Luise, „liegt das an den köstlichen Austern, am Wein oder an der guten Luft? "

„Wohl von allem ein bisschen", antwortete Georg.

„Was die Austern betrifft, so wird sich deren Wirkung wohl erst am späten Abend offenbaren", sagte Peter zu Luise, welche auf Peters Bemerkung seltsam reagierte.

Sie schaute Peter beinahe vorwurfsvoll an, sagte aber nichts.

„Also, wie geht es jetzt weiter, Herr Fremdenführer?", fragte Georg, und Peter war froh, der Situation zu entkommen.

„Ich möchte mit euch zum <Quai St. Pierre et Belvédère Jetée Albert Edouard Sud> gehen. Das ist ein schöner Spaziergang, entlang der Croisette, bis hin zu dem Anlagesteg. Der Quai ist mit weißem Pflaster belegt.

Von dort aus sieht man das Festspielhaus, den alten Hafen, bis hin zu <Le Suquet>, dem alten Stadtteil von Cannes, der auf einem Hügel liegt.

Ich würde anschließend gern mit euch hinaufsteigen. Es befindet sich dort eine alte Festung mit einem Wachturm, von dem man die ganze Bucht überblickt, in der Cannes liegt."

„Wird das nicht zu anstrengend für dich sein, mein Liebling?", fragte Georg Luise.

„Du suchst wohl eine Ausrede für dich, mein Schatz", sagte Luise lachend, und Peter freute sich darüber, war es doch ein Indiz dafür, dass er Luises Reaktion davor wohl missdeutet hatte.

„Wir machen das auf jeden Fall", sagte Luise, *„das klingt alles vielversprechend; ich freue mich schon darauf."*

Als sie später den Hügel erklommen hatten und den herrlichen Ausblick auf die Bucht genossen, waren sie froh darüber, dass sie der Empfehlung des Freundes gefolgt waren.

„*Das Geld müsste man haben, das da unten vor Anker liegt*", sagte Georg, „*das müssen viele Millionen sein; was glaubt ihr?*"

„*Du Materialist*", antwortete Luise, „*wie kann man nur bei diesem faszinierenden Anblick an Geld denken?*"

„*Money makes the world go round!*", kam Peter dem Freund zu Hilfe.

„*Du auch?*", sagte Luise, „*schämt euch beide!*"

„*Wie kann ich das wieder gutmachen?*", gab Peter den reuigen Sünder.

„*Indem du uns in ein gutes Café führst*", antwortete Luise.

„*Sehr gern; aber wir müssen uns ein wenig beeilen, denn um 18:00 Uhr legt die Aurora ab. Egal, ob wir an Bord sind oder nicht.*"

Peter führte die Freunde zu einem kleinen Café in der Rue Saint-Antoine und danach zurück zum Hafen, um mit einem Tenderboot zurück zur Aurora zu kehren.

****

„Guten Tag, ich bräuchte ein Taxi in die Schiller-straße 44. Ich werde vor der Eingangstüre warten. Wie lange wird es dauern, bis Sie hier sind?"

„Eine knappe halbe Stunde etwa. Das Taxi hat die Endnummer 17."

„Vielen Dank; auf Wiederhören."

Luise Brecht hatte die Nummer von Georg Hellers Visitenkarte gewählt, die der Kellner ihr - nach dem Verlassen Georgs aus dem Restaurant – gegeben hat-te.

Als Georg eine knappe halbe Stunde später vor ihrem Haus vorfuhr, erkannte er Luise sofort. Schon als er ihren Anruf entgegengenommen hatte, kam ihm die Stimmer irgendwie bekannt vor.

Georg stieg aus seinem Taxi, ging ein paar Schritte auf Luise zu und sagte in einem leicht schroffen Ton:

„Wenn Sie sich über mich lustig machen wollen, gnädige Frau, dann rufe ich Ihnen sofort ein anderes Taxi!"

Allein schon der Zusatz <gnädige Frau> ließ er-kennen, in welcher Gemütsfassung sich Georg gerade befand.

„Ich möchte mich keineswegs über Sie lustig ma-chen", sagte Luise, *„ich habe lediglich ein Taxi geru-fen, das mich an mein gewünschtes Ziel fährt. Und da*

ich weder betrunken bin noch aggressiv, sind Sie meines Wissens verpflichtet mich zu chauffieren."

Georg lag schon eine entsprechende Antwort auf der Zunge, unterließ es aber sie kundzutun. Stattdessen öffnete er die Tür und bedeutete mit einem „Bitte sehr" seine Bereitschaft den Fahrgast zu befördern.

„Wohin darf ich Sie bringen, gnädige Frau?"

„In das Restaurant <Rathauskeller>, bitte."

„Aber das ist doch das Restaurant..."

Weiter kam Georg nicht, denn Luise unterbrach ihn sofort:

„Jawohl, das ist das Restaurant, wo Sie mich zurück gelassen haben wie einen vergessenen Regenschirm".

„Das stimmt so nicht", antwortete Georg, und wieder unterbrach ihn Luise. Es war ihr aufgefallen, dass Georg dieses Mal den Zusatz <gnädige Frau> vergessen oder sogar vorsätzlich weggelassen hatte.

„Wie auch immer; Sie fahren jetzt dorthin und setzen sich mit mir an einen Tisch. Und dann werden wir unser Gespräch fortsetzen wie zwei erwachsene, einigermaßen wohlerzogene Menschen. Den Verdienstausfall werde ich Ihnen natürlich ersetzen."

Georg hatte große Mühe ein Lachen zu unterdrücken. Was diese Lady gerade aufführte, war ganz großes Kino.

„Ich bin einverstanden, verehrte Luise, aber ich habe zwei Bedingungen:

Erstens, wir trinken den gleichen Wein wie damals und ich bezahle, und zweitens, woher haben Sie meine Telefonnummer?"

Luise lächelte. Sie war sehr froh, dass Georg mitspielte.

„Ich weiß schon", fuhr Georg fort, *„von Franz, dem Halunken; stimmt das?"*

Luise zuckte mit den Schultern.

„Der kann was erleben", sagte Georg, was jedoch nicht sehr bedrohlich klang.

„Das finde ich auch", entgegnete Luise, *„entweder Sie geben ihm ein saftiges Trinkgeld oder ich mache es. Schließlich haben wir es ihm zu verdanken, dass wir gemeinsam in diesem Auto sitzen."*

Drei Stunden und zwei Flaschen Wein später waren alle Missverständnisse ausgeräumt und Georg und Luise waren beim vertrauten <Du>.

Der restliche Abend und die Nacht waren der Beginn einer wunderbaren Liebe.

****

„Guten Morgen, meine Lieben. Ich hoffe, ihr habt den gestrigen Tag gut überstanden."

Dr. Peter Schilling war an den Tisch von Georg und Luise herangetreten und begrüßte die beiden.

„Es war vielleicht etwas zu viel Alkohol; aber sonst war es ein perfekter Nachmittag und Abend. Nochmals vielen Dank, lieber Peter!"

Die drei Freunde waren am Abend noch zusammengesessen und hatten das <Du> würdevoll und mit viel Alkohol zelebriert.

„Ich hätte eine ganz große Bitte an euch", sagte Peter.

„Egal, was es auch sein mag; die Bitte sei euch gewährt, edler Herr!", sagte Luise, noch sichtlich leicht beeindruckt vom vorangegangenen Abend.

„Es geht um die Dame dort drüben", sagte Peter und lenkte die Blicke der Freunde an einen Tisch schräg vis-à-vis.

„*Das ist eine Frau, die vor fünf Jahren Witwe ge-worden ist und seitdem jedes Jahr diese Fahrt macht. Sie macht es in Erinnerung an ihren verstorbenen Gatten, den sie auf der Aurora kennengelernt hatte.*

Sie ist eine ruhige und äußerst angenehme Person. Ich würde sie gern in eure Obhut geben. Vielleicht könntet ihr durch eure Gesellschaft ein wenig Sonne in ihr Leben bringen.

Es wäre mir sehr daran gelegen. Ich akzeptiere natürlich auch euer Nein."

Georg sah Luise an. In seinem Blick war das <Ja> schon zu erkennen, er wollte aber nicht vor Luise antworten. Umso überraschter war er, als Luise spontan ihre Bereitschaft bekundete:

„*Weil es dir ein Herzenswunsch ist und wenn die Dame das auch möchte, dann ist sie an unserem Tisch herzlich willkommen.*"

„*Das freut mich sehr, liebe Luise, du tust mir einen großen Gefallen damit. Ich bin sicher, ihr werdet ei-nander mögen.*"

Peter ging hin zu der besagten Dame und kam kurz darauf mit ihr zurück.

„*Meine Lieben, darf ich euch Manon Dupont vor-stellen, eine langjährige und gute Freundin*".

Mit diesen Worten stellte Peter seine Freundin formvollendet vor und fuhr dann fort:

„*Manon, das sind meine lieben Freunde Georg und Luise Heller.*"

„*Es ist mir eine große Freude Sie kennenlernen zu dürfen, und dass Sie zugestimmt haben, dass ich bei Ihnen am Tisch sitzen darf*", sagte Manon und reichte Georg und Luise die Hand.

„*Bitte, setzen Sie sich doch*", sagte Luise, „*und seien Sie uns herzlich willkommen.*"

„*Ich lasse euch dann einmal allein*", sagte Peter, „*damit ihr euch besser kennenlernen könnt.*"

Manon bedankte sich bei Peter mit einem „Merci, Pierre" und gab ihm einen Kuss auf seine Wangen.

„*Ich kann Ihnen gar nicht sagen, wie froh ich bin, dass Sie dem Vorschlag von Pierre zugestimmt haben.*"

„*Das ist schön*", antwortete Luise und fragte:

„*Wieso nennen Sie unseren Freund Pierre und nicht Peter?*"

„*Weil Peter so streng klingt. Das passt gar nicht zu dem Docteur, finden Sie nicht auch?*"

Luise musste lächeln. Sie hatte schon immer ein Faible für das Französische, hatte aber die Sprache nie wirklich gelernt; wenn man davon absieht, dass sie als Gymnasiastin vor langer Zeit mit der Sprache einmal in Berührung gekommen war.

„Ihre beiden Namen klingen auf Französisch ebenfalls sehr melodiös: George et Louise; n'est-ce pas?"

„Und woher können Sie so gut Deutsch?"

Dieses Mal war es Georg, der die Frage stellte.

„Ich war mit einem Deutschen verheiratet. Er hieß Waldemar Rothorn und war ein wunderbarer Mann. Wir haben uns auf diesem Schiff kennen- und liebengelernt.

Als er gestorben ist, bin ich in ein tiefes Loch gefallen. Ich habe dann versucht die Wunde in meinem Herzen zu schließen, indem ich jedes Jahr diese Reise gemacht habe.

In dieser Zeit habe ich den Docteur kennengelernt. Er hat mir sehr geholfen. Inzwischen sind wir sehr gute Freunde."

Manon hatte das feine Lächeln in Georgs Gesicht bemerkt und ergänzte:

„Es ist nicht so, wie Sie glauben, Monsieur. Pierre und ich sind Freunde, nur Freunde."

Georg errötete wie ein kleiner Schuljunge.

„Bitte, nennen Sie mich George und nicht Monsieur", versuchte er der Peinlichkeit zu entkommen, und er sprach seinen eigenen Namen zum ersten Mal in seinem Leben französisch aus.

„*Avec grand plaisir, George,* sagte Manon, *und ich bin Manon.*"

„*Und ich bin Louise*", fiel Luise mit ein. Damit war das Eis gebrochen, sollte ein solches überhaupt jemals existiert haben.

„*Darf ich Sie noch etwas fragen, Manon?*" fragte Luise.

„*Alles, was Sie möchten, ma chère*", antwortete Manon.

„*Warum heißen Sie Dupont und nicht Rothorn?*"

„*Das kann ich Ihnen sagen, Louise; weil ich nach der Hochzeit Manon Rothorn-Dupont hieß. Und das war mir – nach dem Tod von meinem Waldemar - zu lang und hatte zu viel <o>.*"

****

„*Aufstehen, Frühstück ist fertig!*"

Mit diesen Worten trat Georg an das Bett, in welchem Luise noch tief und fest schlief.

„*Mein Gott*", stieß Luise heftig hervor, „*was ist denn heute Nacht geschehen?*"

„*Kannst du dich gar nicht mehr erinnern?*", fragte Georg mit einem breiten Grinsen im Gesicht.

„*Ich glaube, ich will es gar nicht wissen*", antwortete Luise und zog die Bettdecke dabei etwas höher.

„*Haben wir?*", fragte sie zaghaft.

„*Haben wir was?*", gab Georg den Ahnungslosen.

„*Du weißt genau, was ich meine*", antwortete Luise und sah Georg erwartungsvoll dabei an.

„*Wir haben nicht*", antwortete Georg.

Luise war sichtlich erleichtert; aber dennoch nicht völlig beruhigt.

„*Wieso bin ich dann halb nackt?*"

„*Ganz einfach*", antwortete Georg, „*weil ich dir dein Kleid ausgezogen habe.*"

„*Also doch*", sagte Luise vorwurfsvoll.

„*Nichts also doch*", entgegnete Georg, „*oder schläfst du immer in voller Ausrüstung?*"

„*Natürlich nicht*", antwortete Luise.

„*Na siehst du*", sagte Georg. „*Ich habe dir lediglich Kleid und Schuhe ausgezogen. Ich habe kurz überlegt, ob ich dir einen Pyjama von mir anziehen soll; aber da hätte ich dich vorher ganz ausziehen*

müssen. Und das habe ich mich dann doch nicht ge-
traut."

„*Dein Glück*", sagte Luise, „*und wo hast du ge-*
schlafen?"

„*In meinem Gästezimmer.*"

„*Aber da hätte doch ich schlafen können*", sagte
Luise.

„*Das ging nicht*", antwortete Georg.

„*Und warum nicht?*"

Georg zögerte einen kurzen Augenblick, bevor er
antwortete.

„*Als wir hier ankamen, bist du zielstrebig in mein
Schlafzimmer gestürmt, so als würdest du schon immer hier wohnen, und hast dich auf das Bett gewor-
fen.*"

„*Das glaube ich nie und nimmer*", sagte Luise,
„*oder doch?*"

„*Du bist nun einmal auf meine Schilderung ange-
wiesen. Es gibt ja sonst keine Zeugen.*"

„*Das ist mir alles schrecklich peinlich*", sagte
Luise, „*ich werde mich jetzt eilig anziehen und
schnellstens verschwinden.*"

„*Aber frühstücken wirst du schon noch mit mir*", sagte Georg mit einem gewinnenden Lächeln.

„*Na gut. Kann ich noch vorher dein Bad benützen?*"

„*Zur Tür hinaus und zweite Tür rechts*", antwortete Georg. „*Ich freue mich schon auf unser erstes gemeinsames Frühstück.*"

Als Luise aus dem Bad zurückkam, brachte sie einen schon als vergnüglich zu bezeichnenden Gesichtsausdruck mit.

„*Du hast ein tolles Badezimmer*", sagte sie und in ihrer Stimme schwang echte Bewunderung mit. „*Dein Schlafzimmer gefällt mir ebenfalls sehr gut*".

Kaum dass sie dieses gesagt hatte, beeilte sie sich nachzuschicken:

„*Ich meine natürlich architektonisch, also genauer gesagt einrichtunsgmäßig...*"

Luise war gerade dabei sich in einen Wirbel zu reden, und Georg genoss es sichtlich.

„*Jetzt setz dich erst einmal hin und genieße das Frühstück.*"

Luise kam dieser Aufforderung gerne nach und quittierte es mit einem Lächeln.

„Überhaupt finde ich, dass du ein wunderschönes Haus hast."

„Das kannst du doch gar nicht beurteilen", sagte Georg amüsiert, „du kennst gerade einmal mein Schlafzimmer und das Bad."

Und bevor Luise darauf reagieren konnte, fuhr er fort:

„Ist es nicht eher so, dass du dich fragst, wie sich ein Taxifahrer ein solches Haus überhaupt leisten kann?"

Luise, die sich ertappt fühlte wie ein kleines Kind mit einem Marmeladeglas, suchte verzweifelt nach einem Ausweg.

„Es ist das Erbe meiner Eltern. Ich habe mir schon überlegt es zu verkaufen; denn für eine Person allein ist es ja viel zu groß."

Luise nickte zustimmend und hoffte, dass dieses unleidliche Thema damit ein Ende fände. Georg dachte jedoch nicht im Traum daran, Luise so einfach vom Haken zu lassen.

„Aber jetzt, da du da bist, denke ich, dass ich es doch behalten werde. Das Haus gefällt dir ja sehr gut, und ich bin sicher, dass du dich darin wohlfühlen wirst."

Luise schnappte nach Luft. Was dachte sich dieser unverschämte Kerl?

„Spinnst du? Wie kommst du darauf, dass ich hier einziehen werde?"

„Na, wir sind ja schließlich verlobt, und da liegt es doch nahe, dass wir zusammenziehen werden."

„Verlobt? Ich höre nur verlobt? Wie kommst du darauf, dass wir verlobt sein könnten?", sagte Luise und ihre Stimme überschlug sich beinahe dabei.

„Sag bloß, du kannst dich nicht mehr daran erinnern?", sagte Georg und sah Luise vorwurfsvoll an.

„An was erinnern?", fragte Luise und nahm sich etwas dabei zurück.

„Das glaube ich jetzt nicht. Ich sollte eigentlich gekränkt sein. Hast du dir gestern Abend nur einen Spaß mit mir erlaubt? Das wäre über die Maße schändlich."

„Jetzt einmal langsam", sagte Luise, der gerade alle Felle davon schwammen. „Was genau ist gestern Abend passiert?"

„Heißt das, du kannst dich wirklich nicht mehr daran erinnern?"

„Offenkundig nicht", antwortete Luise, „aber ich würde es jetzt sehr gerne wissen."

„Wir haben in unserem Restaurant sehr gut gegessen, und wir haben uns auch mit recht viel Freude *dem Alkohol hingegeben"*, begann Georg seine Schilderung.

„Es war übrigens wieder der gleiche Wein wie damals."

„Weiter, weiter", drängte Luise, der es - aus verständlichen Gründen – mehr um die Zeit danach ging.

„Als wir dann das Lokal verlassen haben, habe ich dich gefragt, ob ich dich nachhause fahren soll oder ob du vielleicht mit mir noch eine Bar besuchen möchtest."

„Und was habe ich darauf geantwortet?"

„Du sagtest, wir sollen zu mir fahren."

„Was? Das soll ich gesagt haben?", fragte Luise entrüstet.

„Geht das jetzt schon wieder los?", sagte Georg leicht schmollend, *„wenn du mir nicht glaubst, dann hat es keinen Sinn, wenn ich weitererzähle."*

„Jetzt sei doch nicht gleich beleidigt", sagte Luise, *„du musst doch verstehen, dass es für mich schwierig ist das zu glauben. Ich kann mich in deiner Schilderung einfach nicht wiedererkennen."*

„Warum nicht?", fragte Georg, *„was ist denn Schlimmes dabei?"*

„*Ich weiß es selber nicht*", antwortete Luise, „*ich habe so etwas noch nie zuvor gemacht.*"

„*Was bitte meinst du mit <so etwas>*", fragte Georg.

„*Mich hat noch nie ein fremder Mann ins Bett gebracht.*"

„*Ich beginne zu verstehen*", sagte Georg mit leichter Bittermine, „*ich bin also für dich ein Fremder; genauer gesagt, einfach nur ein fremder Taxifahrer.*"

„*Nein, Georg*", wehrte Luise heftig ab, „*so meine ich das nicht.*"

„*Wie denn dann?*"

„*Ich verliere gleich den Verstand*", sagte Luise und griff sich dabei an den Kopf. Es war augenscheinlich, dass ihr die Geschichte sehr zu schaffen machte.

Georg empfand plötzlich Mitleid mit Luise. Das wollte er nicht; er wollte sich nur einen kleinen Spaß mit Luise erlauben, die jedoch der Sache nicht gewachsen schien.

Er stand auf, ging um den Tisch herum und nahm Luise in den Arm, die zu weinen begonnen hatte.

„*Es ist alles gut, mein Liebling*", versuchte er Luise zu beruhigen. „*Es ist nichts geschehen, dessen du dich schämen müsstest. Und wenn du möchtest, dann* lösen wir die Verlobung hier und jetzt einfach wieder auf."

Luise musste lachen, obwohl ihr gerade eben noch nicht danach zumute war.

„Du verrückter Kerl", sagte sie, „wieso musste ich gerade dir begegnen?"

„Tut es dir leid?", fragte Georg.

„Nicht im Geringsten", antwortete Luise. „Ich wünschte nur, es wäre schon viel früher geschehen."

****

„Ich werde Sie jetzt allein lassen und eine Runde schwimmen gehen", sagte Manon.

„Stört es Sie, wenn ich mitkomme?", fragte Luise. Es war spontan aus ihr herausgeplatzt und jetzt war es ihr fast ein wenig peinlich. Es kam wohl daher, dass sie sich zu der Frau sofort hingezogen fühlte.

„Aber nein, ganz im Gegenteil; ich würde mich sehr darüber freuen", antwortete Manon.

„Was ist mit Ihnen, George", fragte sie Georg.

„Jetzt nicht", antwortete Georg, „geht ihr beide nur allein; ich werde kurz nach meinem Freund Peter schauen."

„Grüßen Sie Pierre von mir!", sagte Manon.

„Und von mir auch", sagte Luise und gab Georg einen Kuss.

„Bis später, mein Schatz!"

Die beiden Damen entschwanden aus dem Blickfeld von Georg, der sich auf den Weg zu Peter machte.

„Hallo, Doktor!" begrüßte Georg seinen Freud. „Ich wollte nur kurz nach dir schauen."

„Das ist lieb von dir", antwortete Peter, „wie wäre es mit einem kleinen Schluck Medizin?"

Während er das fragte, holte er aus seinem Schreibtisch eine Flasche Whisky und zwei Gläser hervor.

„So früh schon Alkohol?", fragte Georg erstaunt.

„Das ist kein Alkohol, mein Freund, das ist Medizin. Sie dient der Stärkung des Immunsystems und ist in diesen Breiten unerlässlich."

„Ja, dann..."

Peter goss ein und prostete seinem Freund zu.

„*Es ist gut, dass du da bist*", sagte Peter, „*ich möchte dich etwas fragen.*"

„*Nur zu*", sagte Georg, „*was möchtest du denn wissen?*"

„*Also zunächst einmal: geht das mit der Einquartierung von Manon an eurem Tisch in Ordnung?*"

„*Sehr sogar, mein Lieber, die beiden Damen sind gerade im Pool und drehen ein paar Runden.*"

„*Das freut mich sehr. Aber was mir noch mehr auf der Seele brennt, betrifft unseren gestrigen Ausflug.*"

„*Was meinst du damit?*", fragte Georg, der hellhörig geworden war.

„*Ich habe den Eindruck, dass ich gestern bei Luise gewaltig in ein Fettnäpfchen getreten bin.*"

„*Du meinst die Bemerkung - die Austern und deren Wirkung betreffend*", sagte Georg, der sogleich wusste, um was es ging.

„*Also hat mich mein Eindruck nicht getäuscht*", sagte Peter.

„*Das ist kein Problem*", versuchte Georg den Freund zu beruhigen, „*mach dir darüber keine unnötigen Gedanken.*"

„*Aber peinlich ist mir das trotzdem*", sagte Peter.

„Ich werde dir die Hintergründe erzählen, damit du es besser verstehen kannst."

„Das musst du nicht", sagte Peter, „das geht nur dich und Luise etwas an."

„Ach was", widersprach Georg, „du bist mein Freund und außerdem bist du Arzt. Ich weiß dieses Geheimnis bei dir in guten Händen."

„Wie du möchtest, Georg", sagte Peter, „aber du musst das wirklich nicht tun."

„Ich möchte aber; also hör zu:

Luise musste sich vor Jahren einer schweren Unterleibsoperation unterziehen; es war so eine Frauengeschichte. Sie ist damals dem Tod gerade noch von der Schippe gesprungen.

Danach war in unserem Schlafzimmer erst einmal völlige Ruhe eingekehrt. Nach Monaten haben wir uns dann vorsichtig unserem Sexleben wieder angenähert; aber es ging nicht.

Zuviel Angst, zu viel Krampf, zu viel Lustlosigkeit. Wahrscheinlich auch psychisch bedingt. Wir haben es dann sehr bald sein lassen."

„Warum seid ihr nicht zum Psychologen gegangen?", unterbrach Peter den Freund.

„Ich habe schon daran gedacht; habe den Gedanken aber verworfen. Es hätte sich angefühlt, als wollte *ich etwas erzwingen. Und das wäre wider meine Natur gewesen."*

„Und was hast du mit deinen Bedürfnissen gemacht; die waren ja schließlich noch vorhanden, oder?", fragte Peter.

„Alte Erinnerungen an eine Technik aus der Jugendzeit wiederaufgefrischt.", antwortete Georg.

„Und das hat dir genügt?", fragte Peter ungläubig, *„keine heimliche Geliebte?"*

„Nein, da hätte ich ein schlechtes Gewissen gehabt."

„Und Kontakte zu Professionellen?"

„Nein auch nicht", antwortete Georg, *„obwohl, mit dem Gedanken habe ich ab und zu gespielt."*

„Ich weiß gerade nicht, was ich sagen soll, das ist schon eine unglaubliche Geschichte. Ich kann mir nicht vorstellen, wie ich mich in deiner Situation verhalten hätte."

Die beiden Freunde sahen sich eine ganze Weile schweigsam an.

„Noch einen Whisky?", fragte Peter.

„Lieber nicht, sonst ziehe ich singend durch das Schiff und vertreibe die Gäste. Ich weiß nicht, ob dir das gefallen würde."

„Manches Mal schon", sagte Peter, „aber ganz bestimmt nicht heute. Ich bin sehr froh, dass du und Luise an Bord seid."

Er umarmte den Freund und sagte:

„Danke für dein Vertrauen, Georg!"

Und Georg erwiderte:

Danke, dass du zugehört hast; es hat gut getan darüber zu reden."

****

Die Aurora legte – fast auf die Minute genau – um 15:00 Uhr in Palma de Mallorca an.

Eine halbe Stunde zuvor hatte Manon an die Kabinentür von Georg und Luise geklopft.

„Sie müssen unbedingt an Deck kommen und das Anlegen der Aurora anschauen."

„Es ist lieb, dass Sie uns das sagen", entgegnete Georg, „aber das ist uns zu viel Wirbel."

„Trotzdem; ich bitte Sie, kommen Sie mit. Das ist etwas ganz Besonderes."

58

„*Inwiefern?*", fragte Luise, deren Neugier geweckt worden war.

„*Weil Sie schon beim Anlegen die Kathedrale, die Meerespromenade und die Stadt sehen können. Das alles ist greifbar nahe.*"

„*Einverstanden*", sagte Luise, „*aber nur, wenn wir die Siezerei lassen. Wir werden ja die nächste Zeit viel zusammen sein. Natürlich nur, wenn Sie das auch möchten.*"

„*Sehr, sehr gerne, chère Louise*", antwortete Manon, umarmte Luise und küsste sie auf die bekannte französische Art, wie sie das schon bei Peter und dem Maître am Vortag gesehen hatte.

„*Und wer küsst mich?*", fragte Georg scheinbar vorwurfvoll.

„*Et voilà*", sagte Manon und wiederholte das Prozedere auch bei Georg.

Wenig später standen die drei an der Reling der Aurora, um das Anlegen im Hafen von Palma de Mallorca mitzuerleben.

Manon hatte nicht zu viel versprochen. Mit bloßen Augen gut erkennbar, zeigte sich die Kathedrale der Heiligen Maria, die Bischofskirche des Bistums Mallorca.

Nach der Befreiung von der Maurenherrschaft, wurde 1306 mit dem Bau der Kirche begonnen. Sie diente auch als Mausoleum für das mallorquinische Königshaus.

Die Fertigstellung des Kirchenschiffs war 1587 und die Einweihung des Hauptportals erfolgte 1601. Die Arbeiten an der Hauptfassade wurden erst Anfang des 20. Jahrhunderts beendet.

Obwohl die Kathedrale keine richtigen Türme hat, zählt sie zu den wichtigsten Bauwerken gotischer Baukunst.

Bemerkenswert ist das verglaste Rundfenster, welches man, mit einem Durchmesser von 12,55 Metern und einer Fensterfläche von nahezu 100 Quadratmetern, als die <größte gotische Rosette der Welt> bezeichnet.

Die Mallorquiner nennen die Kathedrale einfach nur <La Seu>, was so viel wie <Bischofssitz> bedeutet. Das Wort kommt aus dem Katalanischen.

Palma wurde im Jahr 123 v. Chr. von den Römern erobert und <Palmaria Palmensis> genannt, was so viel wie <Siegespalme> bedeutet.

Nach dem Untergang des Weströmischen Reichs eroberten die Araber 903 die Insel. Im Jahr 1229 kamen die Aragonier und vertrieben die Araber. Und 1276 wurde das Königreich Mallorca gegründet.

Als die Herrscher ausstarben, überahmen die Aragonier wieder die Insel und bauten sie aus. In ihrer

Blütezeit zählte die Insel etwa 40.000 Einwohner. Gemeinsam mit Aragon kam Mallorca später zu Spanien.

„Wie gefällt euch dieser Anblick?", fragte Manon die beiden Staunenden.

„Es ist toll und unglaublich, wie nah das alles ist", sagte Luise.

„Wenn ihr wollt, dann kann ich euch die Stadt etwas näherbringen", sagte Manon.

„Sehr gern", antwortete Luise, *„du warst ja schon einige Male hier."*

„Allerdings", antwortete Manon, *„aber es ist immer wieder ein Erlebnis, und jedes Mal entdeckt man wieder etwas Neues dazu."*

„Dann buchen wir dich ab sofort bis zum Ende der Reise als unseren Cityguide", sagte Georg und fügte hinzu: *„Über die Bezahlung werden wir uns sicher einig werden."*

„Wird euch das nicht zu viel, wenn ich euch ständig – commen on dit: coller aux basques? - auf der Pelle bleiben?"

„Du meinst sicher: auf die Pelle rücken", half Georg aus.

„Exactement; ja, das meine ich. Ich fand dieses Wort immer sehr lustig; mein Waldemar hat es oft benützt."

„Wir würden uns sehr freuen, wenn du uns Palma und auch die anderen, noch vor uns liegenden Städte zeigen würdest, liebe Manon."

„Das freut mich", sagte Manon und umarmte ein weiteres Mal Georg und Luise in größter Herzlichkeit und den entsprechenden Küssen rechts und links.

Die Erkundung von Palma begann mit einem kleinen Spaziergang an der <Playa de Palma> und wurde mit einer Kutschfahrt fortgesetzt.

Sie führte am <Consulado del Mar>, einer Einrichtung aus früherer Zeit, um den Warenaustausch zu überwachen und evtl. Streitigkeiten zu schlichten oder zu richten, und weiter zur alten Börse <Lonia> bis zur <Plaza de la Reina>, wo der <Paseo del Borne> beginnt.

Der <Borne>, wie er genannt wird, in den Dreißigern eine der schönsten und vornehmsten Flaniermeilen Palmas, und jetzt wieder dort angekommen, lädt zu Kaffee und Sonne an den Bistrotischen ein.

Die <Bar Bosch>, die als einziges der alten Kaffeehäuser überlebt hat, lockt mit ihren Snacks, den berühmten <Bocadillos mit Öl und Tomate, oft auch mit Schinken und Käse>, die inzwischen von den Kunden <Llagosta (Languste)> genannt werden.

Wie genau sich der Name eingebürgert hat, ist umstritten. Angeblich war dem Koch der Name <Bocata con aceite, tomate, jamón y queso> ganz einfach zu lang. Auch wenn es nicht stimmt, so ist es doch eine nette Geschichte.

Manon unterhielt sich mit dem Kutscher auf Französisch. Ein kleiner, älterer Mann mit einem schon fast schwarz gebrannten Gesicht, eine filterlose Zigarette im Mundwinkel, die er noch nicht einmal beim Sprechen aus dem Mund nahm.

Als sie durch die Altstadt fuhren, hielt er immer wieder einmal vor einem Haustor an und sagte über Manon, sie möchten doch einen kurzen Blick dahinter machen.

Die Überraschung war groß bei Luise und Georg, als sie sahen, was sich dahinter verbarg: ein außerordentlich schöner Innenhof, den die Spanier, ebenso wie die Portugiesen als <Patio> bezeichnen.

Einen der wohl schönsten Innenhöfe findet man im <Casal Solleric>, einem Barockpalast aus dem 18. Jahrhundert. Der Palast wurde 1975 von der Stadt Palma erworben und umfassend renoviert.

Verzierte Fensterbögen, Marmorsäulen im Patio und eine prächtige Freitreppe laden zum Besuch ein. Die Wohnräume und das mittelalterliche Kellergewölbe werden für Ausstellungen genützt.

Die Fahrt mit der Kutsche war äußerst informativ; aber auch sehr ermüdend. Das ständig Aussteigen,

Wiedereinsteigen, gelegentliches Treppensteigen, hatte seine Spuren hinterlassen.

Als Georg den Kutscher bezahlt hatte, der sich über die Großzügigkeit seiner Fahrgäste sehr zufrieden zeigte, fragte Manon, ob sie noch das <Castell de Bellver> besichtigen sollten.

Georg und Luise waren sich sofort darin einig, dass dies keine Option sei, und Manon musste herzlich darüber lachen.

„Was erheitert dich so?", fragte Luise, und Manon antwortete, dass sie – in all den Jahren, in denen sie schon hierherkam – noch nie auf der Festung gewesen war.

„Es wäre wohl auch schon zu spät", sagte Manon, und machte stattdessen einen anderen Vorschlag.

„Wie wäre es mit einem typisch mallorquinischen Lokal?"
„Das klingt gut", antwortete Luise, *„der Hunger wäre groß genug."*

„Kennst du vielleicht so ein Lokal?", fragte Georg.

„Ja", antwortete Manon, *„das <Méson Ca'n Pedro>. Es ist auch nicht weit von hier und man hat einen schönen Blick auf die Stadt und das Meer."*

„Prima", sagte Georg, *„von dort aus können wir dann auch aufpassen, dass die Aurora nicht heimlich ablegt"*.

„Und was gibt es da Feines?", fragte Luise.

„Alles, was das Herz begehrt, antwortete Manon, „Fisch, Meeresfrüchte und eine Besonderheit ist das auf einem heißen Stein zubereitete Fleisch. Dazu alle Arten herrliches Gemüse."

„Und wie sieht es mit Nachspeisen aus?", fragte Georg.

„Bist du ein Süßer?", fragte Manon.

„In jeder Hinsicht", antwortete Georg, und er erwischte sich, wie sich sein Blick einen kurzen Moment in Manons Augen verfing.

Manon, welche das bemerkt hatte, wandte sich an Luise und sagte:

„Da findet sich ganz bestimmt etwas für dein Schleckmäulchen, und ich weiß auch schon, was.

Da kommt nur die mallorquinische Spezialität in Frage: <Gató de almendra>, mallorquinischer Mandelkuchen mit einer Kugel Vanilleeis.

Eine weitere Spezialität ist die < Ensaïmada de Mallorca>, ein mallorquinisches Produkt mit geschützter geographischer Angabe. Sie besteht aus einem gezuckerten, fermentierten Teig.

Es gibt sie ungefüllt oder mit <Cabell d'àngel>, gefüllt. Das bedeutet <Engelshaar> und ist eine süße Kürbiskonfitüre."

„Hör auf!", sagte Georg, „das Wasser rinnt mir in solch großen Mengen im Mund zusammen, dass ich zu ertrinken drohe."

„Dann beeilen wir uns, dass wir schnell hinkommen", sagte Manon, und die Bedenken von Luise, dass sie vielleicht keinen Platz bekommen könnten, zerstreute sie mit den Worten:

„Sonntags könnte es schwierig sein; aber nicht unter der Woche. Und weil es etwas außerhalb liegt, kommen im Allgemeinen nur Einheimische hin."

Nur ein paar Minuten später trafen die drei Freunde mit dem Taxi vor dem Lokal ein. Sie bekamen tatsächlich einen wunderbaren Tisch mit Blick auf das Meer.

Und von Ferne grüßte die Aurora herüber, hinter welcher sich gerade die Sonne anschickte langsam im Meer zu versinken.

****

„Es ist doch gut, wenn man Freunde hat."

Mit diesen Worten gesellte sich Manon am nächsten Morgen zu Georg und Luise, die schon beim Frühstück saßen.

Als sie gestern spät abends zum Kai kamen, war weit und breit kein Tenderboot zu sehen. Sie hatten das letzte um eine halbe Stunde verpasst.

„Und was nun?", fragte Luise.

„Pas de problème!", sagte Manon und zückte ihr Handy. Und nach einem kurzen Moment offenbarte sich ihre Absicht den beiden Freunden.

„Hallo chéri, wir brauchen deine Hilfe."

Mit dieser knappen Mitteilung eröffnete Manon dem Schiffsarzt und gemeinsamen Freund Peter ihr Problem. Es dauerte auch nicht lange und ein Tenderboot legte an, um die säumigen Touristen an Bord zu nehmen.

Als sie wieder bei der Aurora ankamen, wurden sie bereits erwartet.

„Na, ihr Nachteulen", begrüßte Peter die Freunde, *„beinahe hätten wir morgen früh ohne euch abgelegt."*

„Das ist meine alleinige Schuld", sagte Manon, *„als Reiseführerin trage ich die Verantwortung. Und als Buße lade ich euch alle auf einen Absacker in die Bar ein."*

„Ohne mich", sagte Luise, *„ich bin hundemüde und will nur noch ins Bett."*

„*Und ich muss nachher beim Ablegemanöver an-
wesend sein und darf daher nichts trinken*", sagte
Peter.

„*Ihr lasst mich alle im Stich?*", fragte Manon.
„*Und wer bringt mich ins Bett, wenn ich später betrunken bin?*"

„*Wieso bist du später betrunken?*", fragte Peter.

„*Weil ich meinen Kummer über mein Versagen
ertränken muss.*"

„*Ich werde Manon begleiten, wenn es dir recht
ist*", sagte Georg zu Luise. „*Ich werde aufpassen,
dass sie nicht betrunken wird und sich allein ins Bett
bringen kann.*"

„*Mache das, mein Schatz*", antwortete Luise, gab
Georg einen Kuss, bedankte sich bei Peter für die
Rettung, gab auch Manon einen Kuss und rauschte
davon.

„*Na dann, viel Spaß, ihr beiden und übertreibt es
nicht*", sagte Peter und – nach einer Umarmung und
einem dicken Kuss von Manon - entfernte auch er
sich.

Obwohl es schon auf Mitternacht zuging, war die
Bar noch stark frequentiert. Ein netter, junger Mann
spielte auf dem Piano typische Barmusik und ein paar
wenige tanzten sogar.

Manon und Georg hatten sich an einen kleinen Tisch in der Ecke gesetzt und genossen ihre Cocktails.

„Ich bin sehr froh, dass ich euch getroffen habe", sagte Manon, *„ich hätte nicht gedacht, dass mir meine alljährliche Reise wieder Spaß machen könnte. Dafür bin ich euch sehr, sehr dankbar."*

„Das ist lieb von dir, dass du das sagst, liebe Manon. Luise und ich empfinden es auch als eine Bereicherung, dass wir dich getroffen haben."

Während Georg das sagte, hielt er Manons Hand in der seinen. Er war einem inneren Drang gefolgt, denn er fühlte sich sehr stark zu dieser Frau hingezogen.

Manon überlegte für einen kurzen Moment sich dieser zärtlichen Geste zu entziehen, vermochte es aber nicht zu tun. Stattdessen sagte sie: *„Lass uns tanzen!"*

Der Mann am Piano intonierte gerade das Lied <Autumn Leaves> von Eric Clapton und er sang auch dazu.

Als Georg den Körper von Manon spürte, erwachte eine längst vergessene Zärtlichkeit in ihm und nahm ihn gefangen, um ihn nicht wieder loszulassen.

Und noch während sie tanzten, verspürten sie plötzlich eine Art leichtes Beben. Es war die Aurora, die sich in diesem Augenblick anschickte den Hafen von Palma de Mallorca wieder zu verlassen.

Der Tanz war zu Ende und Manon löste sich von Georg. Sie sah ihn an und sagte dann:

„Bring mich bitte ins Bett, mon amour!"

****

Die Aurora legte mit einer leichten Verspätung um 10:00 Uhr in Barcelona an.

„Heute haben wir nur bis 17:00 Uhr Zeit die Stadt zu erkunden", sagte Manon nach dem Frühstück. *„Um 18:30 legt die Aurora ab, und wir können ja nicht jeden Tag den lieben Pierre rufen, um uns am Ufer abholen zu lassen."*

„Willst du nicht zu Peter gehen und ihn fragen, ob er uns heute begleiten möchte?", fragte Luise Georg.

„Mache ich sofort", antwortete Georg, der es bisher vermieden hatte Manon anzusehen.

„Ich mache noch einen Sprung in meine Kabine", sagte Manon und wollte schon aufstehen, als sie Luise zurückhielt.

„Warte noch einen Moment", sagte Luise, *„ich möchte mit dir reden."*

Manon spürte instinktiv, dass etwas auf sie zukommen würde, was sie lieber nicht hören wollte.

„Ihr habt gestern miteinander geschlafen", sagte Luise in einem ruhigen Ton, was Manon erstaunte.

„Hat Georg es dir gesagt?", fragte sie.

„Nein", antwortete Luise, *„das war auch nicht nötig."*

„Ich weiß, es ist unverzeihlich", sagte Manon, *„und ich werde selbstverständlich die Konsequenzen daraus ziehen. Es tut mir leid und ich hoffe, du kannst es mir irgendwann verzeihen."*

„Da gibt es nichts zu verzeihen", antwortet Luise und schaute in ein völlig fassungsloses Gesicht.

Luise hatte das nicht etwa hasserfüllt gesagt - im Gegenteil. Sie hatte sogar dabei gelächelt.

Manon war völlig verunsichert und wusste gerade nicht, wie sie reagieren sollte. Luise erlöste sie, indem sie Manon die Beweggründe für ihre Haltung darlegte:

„Liebe Manon, wir kennen uns jetzt erst seit wenigen Tagen und du bist für mich schon wie eine liebe Vertraute, wie eine gute Freundin.

Was heute Nacht passiert ist, war schon längst fällig; ja überfällig. Eine logische Entwicklung hat

*endlich ihr Ziel gefunden, worüber ich froh und er-
leichtert bin."*

Manon schaute Luise entgeistert an und schaute
sich hilferingend um. Sie wünschte Georg würde erscheinen und dem Spuk ein Ende bereiten.

Als Luise ihr jedoch von ihrer schweren Operation
und deren Folgen schilderte, begann sie allmählich zu
verstehen.

*„Ich bin sehr froh, dass Georg in dir eine Frau
gefunden hat, die ihm das geben kann, was ich nicht
vermag. Ich empfinde keinerlei Eifersucht wider dich,
da ich weiß, dass du mir Georg nicht wegnehmen
willst.*

*Und was die Liebe zwischen Georg und mir be-
trifft, so wird diese niemals enden; dessen bin ich mir
gewiss. Sein Herz ist groß genug, um uns beide darin
zu tragen."*

„Ich weiß nicht, was ich sagen soll", sagte Manon
mit Tränen in den Augen, *„darf ich dich umarmen?"*

„Komm her!", sagte Luise, und dann umarmten
sich die beiden Frauen in großer Herzlichkeit.

*„Und dass ich Georg auch liebe, stört dich wirk-
lich nicht?",* fragte Manon und fügte hinzu:

*„Es ist mir wichtig, dass du weißt, dass ich zu kei-
ner Zeit auf ein Abenteuer aus war und noch immer*

nicht bin. Was gestern Nacht passiert ist hat sich ent-
wickelt und dann verselbständigt."

„*Das verstehe ich und ich freue mich für dich*",
sagte Luise, „*und natürlich auch für unseren lieben*
Georg."

„*Was ist mit dem lieben Georg?*", fragte Georg,
der gerade von seinem Besuch von Peter zurückkam.

„*Das erzähle ich dir später*", sagte Luise. „*Was ist*
mit Peter, kann er mitkommen?"

„*Er kann und wird*", antwortete Georg, „*um 11:00*
Uhr kann es losgehen."

„*Fein*", sagte Luise, „*dann haben wir noch etwas*
Zeit. Komm mit in die Kabine, du lieber Georg, ich
muss ein Hühnchen mit dir rupfen!"

Sie nahm Georg bei der Hand und zog ihn Richtung Kabine. Im Vorbeigehen zwinkerte sie Manon
zu, die über das ganze Gesicht strahlte. Ihr Leben
hatte vor wenigen Augenblicken neu begonnen.

„*Setz dich bitte!*", sagte Luise, als sie in der Kabine waren. Georg setzte sich und schaute Luise erwartungsvoll an.

„*Liebst du mich noch?*", fragte sie.

„*Ich werde dir deine Frage beantworten*, sagte
Georg, „*obwohl sie mich schmerzt und keine Antwort*
verdient; zumal du die Antwort kennst."

Nach einer kurzen Pause antwortete Georg:

„Ich habe mich am ersten Tag unserer Begegnung in dich verliebt und schon bald wurde daraus Liebe. Sie ist bis heute unverändert, und das wird so bleiben, solange ich leben werde."

Die Antwort von Georg schien an Luise abzuprallen wie Wasser. Zumindest war dies sein Eindruck, der sich noch verstärkte, als Luise sagte:

„Du hast mit Manon geschlafen."

Georg schluckte. In seinem Kopf hämmerte es wild.

„Manon hat es dir gesagt", antwortete Georg und setzte nach: *„Ja, ich habe mit Manon geschlafen."*

„Du irrst dich", sagte Luise, *„Manon hat mir nichts gesagt."*

„Aber wieso weißt du es dann?", fragte Georg erstaunt.

„Weil ich es gespürt habe. Du bist seit heute ein anderer Mensch. Du bist völlig losgelöst; du strahlst förmlich."

Es folgte ein längeres Schweigen.

„Ich weiß, dass ich dich verletzt habe und das tut mir sehr leid. Es ist mir auch völlig klar, dass es dafür

keine Entschuldigung gibt; aber ich möchte dich trotzdem um Verzeihung bitten."

Luise reagierte nicht. Sie sah ihren Georg nur sehr lange an, und sie fühlte eine tiefe Liebe in sich.

Georg hielt das Schweigen von Luise nicht aus. Er sagte fast schon aus einer Art Verzweiflung heraus:

"Wenn du an irgendwelche Konsequenzen denkst, ich werde sie mittragen; egal was es auch sein mag."

"Du dummer Mann", sagte Luise, *"kennst du mich wirklich so wenig? Glaubst du ernsthaft, ich würde irgendwelche Konsequenzen ziehen, die unsere Liebe und unsere Ehe beeinträchtigen könnten?"*

Georg verstand nun überhaupt nichts mehr. Befand er sich in einem Traum, aus welchem er hoffte gleich erwachen zu können?

"Wenn du hoffst, dass die Nacht mit Manon ein Ausrutscher war, eine einmalige Affäre, so kann ich das nicht bestätigen, weil ich es selbst nicht weiß.

Ich fühle mich von dieser Frau so sehr angezogen, dass ich mich nicht dagegen wehren kann. Und ich glaube, ich will es auch gar nicht.

Aber ich verspüre keinesfalls den Wunsch dich zu verlassen. Meine Liebe zu dir ist unverändert, auch wenn du sie vielleicht jetzt nicht mehr haben willst."

Georg kämpfte gegen einen heftigen Drang an zu weinen. Es schnürte ihm die Kehle zu, und er fühlte sich in einer ausweglosen Lage gefangen.

Luise nahm Georgs Gesicht in ihre Hände und küsste ihn. Dann sage sie mit einem feinen Lächeln:

„Wenn du fertig bist, dann möchte ich jetzt auch etwas sagen. Ich habe nicht einen Augenblick an deiner Liebe gezweifelt. Ich habe dich deshalb gefragt, damit du dir selbst darüber im Klaren bist.

Ich habe alles Verständnis dieser Welt für das, was gestern Nacht geschehen ist, und ich freue mich für dich. Ich freue mich für euch beide. Manon ist eine wunderbare Frau und ihr seid einander würdig."

Georg erstarrte. Was er da gerade gehört hatte, überstieg sein Vorstellungsvermögen.

„Das, was du eben gesagt hast, ist das wirklich dein Ernst?", fragte er, und Luise antwortete:

„Mein völliger Ernst."

„Ich verstehe das nicht", sagte Georg, *„bin ich dir egal oder liebst du mich nicht mehr?"*

„Weder das eine noch das andere", antwortete Luise, *„aber ich werde es dir gern erklären, wenn du möchtest."*

„Ich bitte dich sehr darum; es würde mir helfen", sagte Georg. Und dann führten sie ein Gespräch, das

schon seit ein paar Jahren in einer Schublade lag, es aber von dort nie herausgeschafft hatte.

„Es hat wohl die Begegnung mit Manon gebraucht, damit wir unseren <Gordischen Knoten> lösen konnten. Als ich diese Operation hatte, und als ich mich danach körperlich von dir abgewandt habe, hast du nie etwas gesagt.

Ich habe deine Haltung diesbezüglich schweigend und dankbar angenommen, und ich habe dich dafür bewundert. Ich habe damit gerechnet, dass du deine Bedürfnisse mit einer anderen Frau ausleben würdest, und ich war bereit damit zu leben.

Umso überraschter war ich, als du das nicht gemacht hast. Ich habe das Problem wohl erkannt; aber ihm keinen Raum gegeben. Und als es sich mit der Zeit abgekapselt hat, war sich sehr froh darüber.

Ich weiß nicht, ob ein Gespräch, so es früher stattgefunden hätte, unserem Leben einen anderen Verlauf gegeben hätte; aber ich bin mir sicher, dass der jetzige Zeitpunkt genau der richtige ist.

Mein größter Wunsch wäre es, dass du mit Manon die Erfüllung findest, auf die du aus Liebe zu mir, so lange verzichtet hast. Und wenn du eine Veränderung - unserer Beziehung betreffend - wünschst, so werde ich keinesfalls im Weg stehen."

Georg befand sich in einem heftigen Gefühlstaumel. Was seine Luise ihm gerade offenbart hatte, war eine flammende Rede mit Worten der Liebe, wie es schönere keine geben kann.

„*Luise, geliebte Luise*", stammelte er und bedeckte ihr ganzes Gesicht mit Küssen.

„*Wie könnte ich mich je von dir abwenden, von der Frau, die mein Leben so reich gemacht hat. Ich trage dein Herz ebenso in mir wie du das meine. Und das wird sich niemals ändern.*"

„*Das ist wunderbar, mein Schatz*", sagte Luise, „*wenn ich etwas zur Seite rücke, glaubst du, dann wäre Platz für zwei?*"

„*Fragst du mich gerade, ob ich zwei Frauen lieben könnte?*", sagte Georg.

„*Ja*", antwortet Luise, „*das meine ich.*"

„*Ich denke schon*", sagte Georg.

„*Dann geh und sage es Manon; sie wird sich darüber freuen.*"

****

Als Georg Heller beim Haus von Luise Brecht anläutete, öffnete eine junge Frau die Tür.

„*Guten Tag, mein Name ist Georg Heller...*"

Weiter kam Georg nicht. Verena, Luises Tochter unterbrach ihn mit den Worten:

„Ich weiß, wer Sie sind, Sie sind Luises neuer Lover."

Es waren zwei Dinge, welche Georg aufstießen. Dass ihn die junge Frau als <Lover> bezeichnete, und dass sie ihre Mutter <Luise> nannte und nicht die vorgesehene Bezeichnung verwendete.

„Ich darf Sie korrigieren, junge Dame", sagte Georg, *„ich bin nicht der Lover Ihrer Mutter, sondern der Verehrer und Bewunderer einer liebenswerten Dame, welche Sie <Luise> zu nennen bevorzugen, was mich in hohem Maße erstaunt."*

Verenas Coolness verwandelte sich augenblicklich in eine totale Verunsicherung. Sie stammelte etwas wie <Entschuldigung>, und sagte dann mit lauter Stimme:

„Bitte, kommen Sie doch weiter, Herr Heller!"

„Vielen Dank, mein Fräulein!"

Georg Heller trat ein, gespannt darauf, was ihn wohl sonst noch erwarten würde. Luise hatte ihn zum sonntäglichen Mittagessen geladen, in der Absicht, Georg der Familie vorzustellen.

„Hallo Georg, schön dass du da bist."
Luise küsste Georg auf die Wange und nahm den Blumenstrauß entgegen, den Georg ihr überreichte.

„Holst du mir bitte eine Vase, Liebes?", sagte sie zu Verena, welche auf ihre Bitte mit einem *„Ja, Mama"* antwortete.

Luise war erstaunt ob dieser Anrede, und Georg lächelte nur.

„Darf ich dir meine Herren Söhne vorstellen, bevor wir zu Tisch gehen?", fragte Luise und Georg antwortete: *„Sehr gern."*

Die Prozedur verlief seitens der Söhne eher kühl, was Luise verärgerte, Georg indes eher belustigte. Er hatte mit nichts Anderem gerechnet. Die jungen Löwen verteidigten ihr Revier gegen einen unbekannten Eindringling.

„Holst du bitte den Wein aus der Küche?", bat Luise ihren Ältesten, und Max antwortete mit Blickrichtung zu Georg:

„Dürfen Sie als Taxifahrer überhaupt Alkohol trinken?"

„Taxifahren ist keine Krankheit; das sollten Sie als angehender Medizinmann eigentlich wissen, Herr Brecht", antwortete Georg, *„aber dennoch danke für Ihre Fürsorge!"*

Max wechselte seine Gesichtsfarbe und goss stillschweigend den Wein in Georgs Glas.
„Haben Sie sich schon für eine Fachrichtung entschieden?", fragte Georg nach dem Essen und Max antwortete mit dem Brustton der Überzeugung:

„Für mich kommt nur Chirurgie in Frage."

„Und warum gerade Chirurgie?", fragte Georg weiter.

Als Max nicht gleich darauf antwortete, weil er selbst gerade nicht genau wusste, warum, gab Georg eine Antwort darauf, welche der Antwort von Max wohl sehr nahekam.

„Die meisten Chirurgen, die ich kenne, fühlen sich als sogenannte <Herrgötter in weiß> und das ist natürlich eine besonders starke Motivation diese Fachrichtung einzuschlagen. Und da wäre ja auch noch der starke Magnetismus, bezogen auf Krankenschwestern, welcher den Weißkitteln anhaftet."

Verena klatschte vor Begeisterung in die Hände, und auch Florian konnte sein Lächeln nicht verbergen. Er stand zu Lebzeiten des Vaters immer im Schatten des größeren Bruders.

Dass sich die Geschwisterliebe sehr in Grenzen hielt, war in diesem Moment augenscheinlich. Max verteilte böse Blicke in alle Richtungen. Selbst seine Mutter war davon nicht ausgenommen.

„Woher wollen Sie das alles wissen", sagte er in einem giftgetränkten Tonfall zu Georg, *„Sie werden wohl kaum oft mit dieser Gesellschaftsschicht in Berührung kommen."*

„Da irren Sie sich, mein Lieber", gab Georg in ruhigem Ton zurück, *„ab und zu habe ich das Ver-*

gnügen Mitglieder der gehobenen Gesellschaft zu chauffieren."

Und bevor Max weiter darauf eingehen konnte, hatte sich Georg schon das nächste Opfer vorgenommen.

„Und sie wollen Lehrer werden, Florian?"

„Ja, Herr Heller", antwortet Florian brav, *„das ist mein Wunsch."*

„Ein schöner Beruf; aber auch eine große Herausforderung in heutiger Zeit. Da kann ich Ihnen nur viel Kraft wünschen, lieber Florian."

Luise hatte zwischenzeitlich den Nachtisch aufgetragen, den alle in schweigender Haltung konsumierten.

Danach holte Georg zum abschließenden Rundumschlag aus.

„Liebe Verena, lieber Florian und Max. Ich bin zwar nur ein Taxifahrer; aber weder dumm noch blauäugig. Es ist mir bewusst, dass Sie mich als Eindringling empfinden, der ihr beschauliches Familienleben durcheinanderwirbelt.

Ich habe weder vor das neue Familienoberhaupt zu werden, noch mich in Ihre Erziehung einzumischen. Das geht mich nichts an und das ist auch gut so.

Was ich vorhabe – mit und ohne Ihren Segen – das ist Ihre wunderbare Mutter zu heiraten und mit ihr glücklich zu bleiben; denn glücklich werden können wir nicht mehr, weil wir es schon sind."

Georg unterbrach seinen Vortrag, stand auf und ging zu Luise. Er umfasst sie und sagte dann weiter:

„Wir werden in den nächsten Monaten heiraten, und ich möchte sie – auch namens meiner bezaubernden Braut - schon heute zu unserer Hochzeit einladen. Es wäre schön, wenn Sie unserer Einladung folgen würden.

Für heute darf ich mich bedanken und Ihnen noch einen schönen Tag wünschen. Es hat mich sehr gefreut Sie kennengelernt zu haben, und ich hoffe, wir sehen uns bald einmal wieder."

Dann wandte sich Georg an Luise und sagte:

„Wenn du bitte mit mir kommen würdest, geliebte Luise, ich werde dich jetzt entführen; denn ich habe noch eine Überraschung für dich."

Dann verließen Georg und Luise das Haus und ließen drei ratlose junge Menschen zurück.

****

Barcelona – das <Miami des Mittelmeers> genannt, ist der größte Kreuzfahrthafen Europas und fast schon so groß wie Miami, der größte Kreuzfahrthafen weltweit.

Die Aurora hatte am <Sant Bertrand Wharf Terminal> festgemacht, wo die kleineren Kreuzfahrtschiffe anlegen. Die großen legen am <Kai Moll Adossat> an.

Als die vier Freunde das Schiff verließen, um Barcelona ihre Aufwartung zu machen, sahen sie schon von weitem die Kolumbus-Statue, das <Monument a Cristòfor Colom>.

In der Säule fährt ein kleiner Fahrstuhl bis nach oben, von wo man eine tolle Sicht auf die Stadt und die Ramblas hat. Die Säule ist 68 Meter hoch und wurde anlässlich der Weltausstellung 1888 errichtet.

Als Kolumbus von seiner Amerikareise nach Barcelona zurückkehrte, erzählte er Königin Isabella und ihrem Gatten Ferdinand von seiner Entdeckung.

„Wollt ihr auf die Plattform hinauf?", fragte Peter, als sie vor dem riesigen Monument standen.

„Zu viele Menschen", sagte Georg, und zu den Damen gerichtet: *„oder seid ihr andere Meinung?"*

Es erklang ein einhelliges NEIN, und so setzte die kleine Gruppe ihren Weg fort.

Während die Damen immer wieder einmal stehenblieben, marschierten die beiden Herren voraus.

Sie waren inzwischen auf den <Rambles> angelangt, wie die Allee auch genannt wird.

„Ich muss dir etwas sagen", flüsterte Georg Peter zu.

„Warum flüsterst du?", fragte Peter.

„Das wirst du gleich wissen", antwortete Georg, und dann erzählte er dem Freund von dem Gespräch mit Luise.

„Ist das wirklich wahr?", fragte Peter, *„das kann ich kaum glauben."*

„Es ist wahr", sagte Georg, *„ich war genau so überrascht wie du jetzt auch."*

„Und was machst du jetzt?", fragte Peter.

„Das weiß ich ja selber nicht. Es ist noch zu frisch, um etwas Konkretes dazu sagen zu können", antwortete Georg.

„Was gibt es denn da zu tuscheln?", fragte Luise, welche die Gelegenheit ebenfalls genützt hatte, um mit Manon über ihr Gespräch mit Georg zu berichten.

„Männergespräche", antwortet Peter, *„nichts für zarte Frauenohren."*

„Und was machen wir jetzt?", fragte Luise, *„müssen wir noch sehr weit gehen?"*

„*Nur noch ein paar Schritte*", meldete sich jetzt Manon lächelnd zu Wort, die sich bisher eher zurückgehalten hatte.

„*Du weißt es schon*", sagte Peter zu Manon, der ihr Lächeln richtig gedeutet hatte.

„*Ja, Pierre*", antwortet Manon, „*wie du ja weißt, bin ich nicht zum ersten Mal in dieser Stadt.*"

Wenig später kamen sie zu einem Büro der <Barcelona City Tour> und kauften sich Tickets für eine Stadtrundfahrt.

Sie setzten sich auf die obere, offene Ebene des Busses und genossen den herrlichen Ausblick auf einige der Sehenswürdigkeiten der Stadt.

Als sie an der <Plaça de Braus de la Monumental> vorbeifuhren, mussten sie daran denken, dass hier bis September 2011 grausame Stierkämpfe stattfanden, welche vom katalanischen Parlament 2010 verboten wurden.

Zu den ungewöhnlichsten Sehenswürdigkeiten in Barcelona zählt die <Sagrada Familia>, das unvollendete Bauwerk von Antoni Gaudi.

Die Kathedrale mit ihren 8 Türmen, die einmal 18 sein sollten, ist ein Hauptanziehungspunkt für Touristen.

Hinauf kommt man mittels eines Aufzugs. Für besonders sportliche Besucher führt eine Wendeltreppe hinunter.

Gaudi war besessen von seinem letzten Bauwerk, in das er all seine Energie hineinsteckte. Von ihm stammt auch die <Casa Vicens> und <El Capricho>. Sein Meisterwerk ist jedoch unbestritten die <Heilige Familie>, die <Sagrada Familia>.

Von den vorgesehenen 18 Türmen sollten 12 den Aposteln gewidmet werden, 4 den Evangelisten, sowie je einer Maria und Jesus Christus.

Die Türme sollten an den Krummstab der Bischöfe erinnern und keiner sollte höher werden als die umliegenden Berge, um das Werk nicht höher werden zu lassen als das Werk Gottes.

Schicksalhaft war das Ableben des genialen Architekten. Er wurde von einer Straßenbahn erfasst und wurde bewusstlos. Sein verwahrlostes Äußere ließ auf einen Bettler schließen, und entsprechend war auch die Versorgung.

Zunächst in ein Armenhospital gebracht, wurde er nach drei Tagen von seinem Freund entdeckt und in ein Privatzimmer verlegt, wo er noch am selben Tag verstarb.

Die Regierung ordnete an ihn in der Krypta der noch unvollendeten Kirche beizusetzen. Im Jahr 2010 wurde die <Sagrada Familia> durch Papst Benedikt

XVI. geweiht und in den Stand einer päpstlichen <Basilika minor> erhoben.

Am Ende der Besichtigung vermischte sich bei den Freunden Ergriffenheit mit aufkommenden Hungergefühlen.

„Wie wäre es mit einer Kleinigkeit zu essen?", fragte Georg, der die anderen für den Abend zu einem Essen auf dem Schiff eingeladen hatte.

„Ein paar Tapas könnte ich mir gut vorstellen", sagte Manon.

„Und dazu Sangria", sagte Luise begeistert.

„Ist das dein Ernst?", fragte Georg.

„Mein völliger Ernst", antwortete Luise, *„in Erinnerung an die Sturm- und Drangzeit der Siebziger. Make love not war und Flowerpower."*

„Wisst ihr auch, was das Wort bedeutet?", fragte Georg.

„Ich glaube irgendetwas mit Blut", antwortete Peter.

„Knapp daneben, Herr Doktor", sagte Georg, *„Sangria bedeutet <Aderlass>. Das solltest du als Mediziner eigentlich wissen."*

„*Schande auf mein Haupt*", antwortete Peter lachend, „*das muss ich bei den Vorlesungen wohl verpasst haben.*"

Als sie ihre Tapas gegessen und einige Gläser Sangria getrunken hatte, sagte Luise:

„*Die <Sangria Familia> ist schon ein imponierendes Bauwerk; mir hat es gut gefallen.*"

„*Du meinst wohl <Sagrada Familia>*, korrigierte Georg seine etwas angeheiterte Luise.

„*Ist doch egal*", sagte Luise, *<Sagrada Familia> oder <Sangria Familia>, Hauptsache <Familia>.*"

„*Da hast du vollkommen recht*", bekam Luise Schützenhilfe von Manon, *<Familia> allein zählt, sonst nichts. Wir sind ja auch eine große Familie, eine <Grande Familia>.*"

Die beiden Frauen lachten und die beiden Männer konnten nicht umhin sich dem anzuschließen.

Nachdem sie sich in der Tapasbar in der Ramblas del Poblenou gestärkt hatten, fuhren die Freunde mit der Seilbahn auf den 173 Meter hohen Hausberg von Barcelona, den <Montjuïc>, von wo sich ein grandioser Ausblick auf das Meer, den Hafen und die Stadt eröffnet.

Das <Castell de Montjuïc> war bis 1960 ein Militärgefängnis. Unter Franco wurden dort viele Menschen hingerichtet. Heute ist es ein Ort der Begegnung, wo Seminare abgehalten und Konzerte veranstaltet werden.

Im Mittelalter befand sich auf der östlichen Seite des Berges ein jüdischer Friedhof. Juïc bedeutet in català Jude und man nimmt an, dass der Berg daher seinen Namen "Montjuïc" erhielt.

„Es gäbe noch so viel zu sehen“, sagte Peter, *„aber wir müssen jetzt zurück zum Schiff.“*

„Schade, sehr schade“, sagte Luise, *„ich könnte noch stundenlang hier oben sitzen und auf das Meer schauen.“*

„Das kannst du ja auch von der Aurora aus“, sagte Georg, und Luise antwortete:

„Stimmt, mein Lieber. Also lasst uns wieder hinunter schweben!“

****

Die Damen hatten sich fein herausgeputzt, als sie am Abend mit ihren Begleitern zum festlichen Dinner erschienen. Luise in einem nachtblauen Kleid und Manon in einem roten Hosenanzug.

Nachdem der Ober die Cocktails gebracht hatte, ergriff Peter das Wort.

„Meine Lieben, erlaubt mir ein paar Wort zu sagen, bevor das Essen kommt.

Ich fahre jetzt schon einige Jahre als Schiffsarzt zur See, und die meisten davon auf der Aurora.

In dieser Zeit habe ich so einiges erleben dürfen und manchmal auch müssen. Es gab stürmische Tage; aber auch ruhige. Und ich meine jetzt nicht unbedingt das Wetter.

Was ich aber auf dieser Fahrt erlebe, ist etwas Wunderbares, Einzigartiges. Ich spreche von drei Menschen, wovon der eine der beste und älteste Freund ist, den ich kenne.

Über ihn habe ich seine charmante und liebenswerte Frau kennen und lieben gelernt. Und ich spreche über eine weitere Frau, mit der ich schon so manche Reise erlebt habe, in deren Verlauf wir zu wahren Freunden geworden sind.

Diese drei Menschen seid ihr, meine Freunde: Manon, Luise und du, lieber Georg. Es macht mich sehr glücklich, dass ich dazu gehören darf. Und was Luise und Manon vorhin an Land über <Familia> gesagt haben, dem schließe ich mich gerne an.

In diesem Sinn bitte ich euch mit mir das Glas zu erheben, um auf die Freundschaft anzustoßen und auf die kleine <Familia>, die wir heute gegründet haben."

Die drei Zuhörer honorierten die Rede des Doktors mit Applaus und dann stießen sie alle miteinander an.

Es folgte ein spezielles Menü, welches Peter mit dem Küchenchef extra zusammengestellt hatte. Das Ganze wurde mit großen Mengen Champagner hinuntergespült.

Manon bekam im Verlauf des Abends einen moralischen Anflug. Sie beteuerte immer wieder unter Tränen, wie glücklich sie sei, dass sie von Luise und Georg so angenommen worden war.

Der Alkohol vollendete das Werk und irgendwann kippte Manon vom Stuhl, was eine große Heiterkeit bei ihr hervorrief.

„Ich glaube, ich muss jetzt ins Bett", sagte sie und zu Luise und Georg gewandt: *„Bringt ihr mich bitte in mein Bett?"*

„Aber ja, meine schöne Manon", sagte Luise und erweckte– ohne auch nur die geringste Ahnung davon zu haben – Kindheitserinnerungen bei Manon.

„Merci, Maman", sagte Manon, und Luise musste lächeln. Wie hätte sie auch wissen können, dass die Mutter von Manon sie als Kind gerne so genannt hatte.

Georg und Luise brachten Manon in ihre Kabine. Es war offenbar, dass Manon schon mehr in Morpheus' Armen weilte denn in der Gegenwart.

„*Du kannst gehen*", sagte Luise zu Georg. „*den Rest schaffe ich schon allein.*"

Als Georg gegangen war, entkleidete Luise Manon. Sie betrachtete Manons Körper und verspürte große Lust ihn zu streicheln; unterließ es aber.

Als Manon im Bett lag, wollte Luise den Raum leise verlassen; aber Manon öffnete die Augen und sagte:

„*Reste ici, Maman, couche à côte de moi!*"

Luise nahm ihr Handy und rief Georg an, um ihm mitzuteilen, dass sie noch bei Manon bleiben würde, bis diese eingeschlafen sei.

Dann legte sie sich zu Manon, die sich dicht an Luise kuschelte, und schon nach wenigen Minuten waren beide Frauen eingeschlafen.

****

Nach der Hochzeit von Georg und Luise standen einige Veränderungen ins Haus. Georg legte seine Taxilizens zurück, um sich mehr um Luise kümmern zu können.

Beide lebten nun in Georgs Haus. Luise vermietete ihr Haus an eine junge Familie. Verena machte einen Riesenaufstand, als Luise ihr die Vermietung des Elternhauses mitteilte.

Luise dachte anfangs darüber nach das Haus Verena zu überlassen; aber Georg konnte Luise davon überzeugen, dass mehrere Gründe dagegensprachen.

Zum einen, dass sich das Haus unter der Obhut von Verena bald in einen desolaten Zustand befinden würde, weil Ordnungsliebe keine von Verenas Tugenden war, und zum anderen wäre es an der Zeit Verena erwachsen werden zu lassen.

Luise beugte sich schweren Herzens Georgs Argumenten, von denen sie keines von beiden entkräften konnte. Es dauerte auch nicht lange, bis sie von dieser Entscheidung völlig überzeugt war.

Jetzt, da die Geldquelle <Mama> versiegt war, schmolz das Interesse der Tochter an ihrer Mutter wie der Schnee im Frühling.

Einmal im Jahr fand ein Treffen statt, das nicht immer alle vorgesehenen Beteiligten sah. Das besserte sich, als sowohl Max wie auch Florian selbst Familie hatten.

Einzig Verena ließ sich irgendwann überhaupt nicht mehr sehen. Luise erfuhr gelegentlich von Florian, zu dem Verena losen Kontakt hielt, wo sich die Tochter gerade aufhielt.

Einmal war es ein Aschram in Indien, ein absurdes Unterfangen, wenn man davon ausgeht, was <Aschram> bedeutet, nämlich <Ort der Anstrengung>, was zu Verena überhaupt nicht passte.

Ein anderes Mal war es ein Trip nach Goa, wo sich Verena blumenbekränzt und unter Palmen dem Hippiedasein hingab.

Wie sie diese Reisen finanzierte war ein Rätsel, dessen Lösung weder Luise noch Georg auf den Grund gingen. Die Angst vor der Wahrheit war wohl zu groß.

****

„Guten Morgen, chérie!"

Es war Manon, die vor dem Bett von Luise stand.

„Ich war wohl gestern ein sehr schlimmes Mädchen, n'est-ce pas?", fragte Manon mit einem Augenzwinkern.

„Nein, das warst du nicht", antwortete Luise, und sie war noch nicht einmal überrascht in Manons Bett aufzuwachen.

„*Kommst du mit mir unter die Dusche?*", fragte Manon und streifte das Nachthemd ab, das ihr Luise in der Nacht angezogen hatte.

Als Luise Manon in ihrer Nacktheit sah, fühlte sie eine seltsame Erregung. Wie in Trance stieg sie aus dem Bett, streifte ihre Kleider ab und folgte Manon in die Dusche.

Die beiden Frauen schäumten einander ihre Körper ein und irgendwann küssten sie sich. Danach gingen sie zurück zum Bett und liebten sich.

Es war wie ein Rausch für Luise. Sie sog die Zärtlichkeit Manons auf wie ein Schwamm das Wasser.

Es war so sanft und es erfüllte sie mehr, als jede sexuelle Begegnung, die sie je mit einem Mann zuvor gehabt hatte. Einschließlich die von Georg.

****

„*Guten Morgen, ihr Schlafmützen!*"

Georg saß schon beim Frühstück, als Luise und Manon erschienen. Manon hatte Luise in ihre Kabine begleitet, wo sie sich umzog.

Luise war überrascht, als sie Georg nicht vorfand. Stattdessen fand sie einen Zettel, worauf stand:

„Ich bin schon einmal zum Frühstück vorausgegangen; komme bitte nach. Kuss Georg. "

„Guten Morgen, lieber Gatte ", sagte Luise und Manon entbot ihren Morgengruß mit einem *„Bon matin, chérie. "*

„Habt ihr gut geschlafen? ", fragte Georg.

„Zu gut ", antwortete Luise etwas verunsichert. Sie stand noch zu sehr unter den noch vor wenigen Augenblicken Erlebten. Nicht dass sie es bereute; aber sie war noch sehr aufgewühlt.

„Entschuldige, dass ich dich heute Nacht allein gelassen habe. Manon wollte, ich solle bleiben, bis sie eingeschlafen wäre. Und dann bin ich selber eingeschlafen. Und dann noch der Alkohol… "

„Das ist schon o.k., mein Liebling ", antwortete Georg, *„Hauptsache, es geht euch gut. "*

„Na ja ", sagte Luise, *„der viele Alkohol fordert schon seinen Tribut. Ich werde aber nach dem Frühstück eine Runde schwimmen gehen; das wird mir guttun. "*

„Mach das, Liebling ", antwortete Georg, *„ich gehe inzwischen zum Tontaubenschießen. "*

„Und ich werde dich begleiten, wenn du möchtest", sagte Manon zu Georg, was Luise überraschte. Sie hatte damit gerechnet, dass Manon mit ihr schwimmen gehen würde.

„Dann bis später", sagte Georg und rauschte mit Manon davon.

Luise schwamm ein paar Runden im Pool und es tat ihr sichtlich gut. Als sie zum Beckenrand zurückschwimmen wollte, sprang ein Jugendlicher in den Pool und landete auf der rechten Schulter von Luise.

Ein heftiger Schmerz durchfuhr Luise, begleitet von einem lauten Schrei. Der Jugendliche stieg eiligst aus dem Pool und ergriff die Flucht.

Andere Gäste des Schiffs eilten herbei und halfen Luise aus dem Wasser. Ein älterer Herr begleitete sie in die Krankenstation, wo sie ein völlig überraschter Herr Doktor in Empfang nahm.

„Um Himmels willen, Luise", kam es Peter entsetzt über die Lippen, *„was ist passiert?"*

„Sport ist Mord", flachste Luise und schilderte dem Freund, was vorgefallen war.

Dr. Schilling machte ein paar Untersuchungen, um eine Diagnose stellen zu können.

„Wie es aussieht ist nichts gebrochen. Du hast eine starke Prellung, und wir müssen das Gelenk ruhigstellen. Dazu muss ich dir den Arm an den Körper

bandagieren. Ich werde eine Schwester rufen, die dir den Verband anlegen wird."

„Warum kannst du das nicht machen?", fragte Luise. Peter sah Luise an und antwortete:

„Dazu müsste ich dir das Bikinioberteil ausziehen, und ich denke, das macht besser eine Schwester."

„Ich hätte damit kein Problem", antwortete Luise, *„es sei denn, du hast eines."*

„Natürlich nicht", antwortete Peter, der gerade nicht wusste, wie er die Situation einordnen sollte. Luises Verhalten passte irgendwie nicht in das Bild, das Georg ihm von Luise gezeichnet hatte.

Er öffnete den Verschluss des Oberteils, nahm ein Handtuch und reichte es Luise.

„Du müsstest dich abtrocknen, bevor ich die Bandage anlege."

„Das geht nicht", antwortet Luise, *„ich bin Rechtshänderin. Ich muss dich bitten, dass du das tust."*

Peter begann vorsichtig den nassen Rücken, die Arme und die Brust von Luise trocken zu tupfen. Als er die Brüste abtrocknete, fühlte er eine leichte Röte im Gesicht aufsteigen.

Luise war es nicht entgangen. Sie schämte sich ein bisschen, dass sie den Freund so in Verlegenheit gebracht hatte. Aber nur ein bisschen.

Als Luise kurz darauf zum verabredeten Treffpunkt auf dem Oberdeck ankam, warteten Georg und Manon schon voll Ungeduld.

„Wo warst du denn?", fragte Georg vorwurfsvoll die herannähernde Luise, *„als wir dich am Pool nicht gefunden haben, und du auch nicht in der Kabine warst, haben wir uns schon Sorgen gemacht."*

Erst als Luise nähergekommen war, fiel Georg der Verband auf.

„Was ist das denn?", fragte Georg und schaute Luise entsetzt an.

„Ein junger Verehrer war etwas zu stürmisch", antwortete Luise scherzhaft. Und dann erzählte sie, wie sie zu der Verletzung gekommen war, und dass sich Dr. Schilling liebevoll um sie gekümmert hat.

Aus dem Bordlautsprecher erklang die Stimme des Kapitäns:

„Verehrte Gäste, die Aurora wird in einer halben Stunde den Hafen von Ajaccio erreichen."

„Ihr müsst die Stadt wohl ohne mich erkunden", sagte Luise, *„der Herr Doktor hat mir strenge Ruhe verordnet."*

„*Dann bleiben wir auch hier bei dir, chérie*", sagte Manon, und Georg pflichtete ihr bei.

„*Unsinn*", sagte Luise, „*ihr werdet schön an Land gehen und die Stadt mit allen Sinnen erobern. Und am Abend werdet ihr mir ausführlich darüber berichten.*"

„*Möchtest du das wirklich?*", setze Manon nach, und ihre Frage ließ keinen Zweifel daran, dass ihr das Wohl Luises wichtig war.

„*Ja, Liebste*", antwortete Luise, „*macht euch einen schönen Tag. Peter wird sich am Nachmittag, wenn die Gäste an Land gegangen sind, um mich kümmern. Er hat es zumindest so gesagt*", ergänzte Luise mit einem Grinsen.

„*Da bin ich mir ganz sicher*", sagte Georg, „*und ich bin sehr froh darüber, dass Peter das machen wird.*"

****

Ajaccio, die Hauptstadt Korsikas, liegt an der Südwestküste der Insel. Dem berühmtesten Sohn der Stadt begegnet man an allen Ecken. Standbilder in allen Größen erinnern an den großen Korsen, Napoleon Bonaparte, der einst auszog, um die Welt zu erobern.

Die Stadt ist sehr mondän und sehr Französisch. Man merkt das nicht zuletzt an der Lebensart der Menschen. <Savoir-vivre> und <Laissez-faire> lassen grüßen.

Als Gegensatz zu dem urbanen Flair mit seinen großzügigen Boulevards, Cafés und Restaurants, findet man in der Umgebung schroffe Felsenküsten, Wälder, Schluchten und rote Felsen.

Die weitläufige Lage der Stadt, an den Hängen des Golfs von Ajaccio gelegen, ermöglicht einen eindrucksvollen Blick auf die traumhaften weißen Strände und die <Iles Sanguinaires>, einer Inselgruppe, hinter der am Abend die Sonne versinkt.

****

Nach dem Mittagessen, das Georg und Manon noch mit Luise gemeinsam eingenommen hatten, gingen die beiden von Bord.

Manon war Luise in liebenswerter Weise beim Essen behilflich. Da Luise ihren rechten Arm nicht benützen konnte, verlief die Nahrungsaufnahme etwas schwierig.

Luise winkte den beiden noch nach, dann zog sie sich in ihre Kabine zurück.

„Was machen wir als erstes, chéri?", fragte Manon.

„Alles, was du willst", antwortete Georg, *„wir haben genügend Zeit."*

„Heute gehörst du mir ganz allein, chéri!"

Manon sagte das mit dem Ausdruck größter Freude und Zufriedenheit. Sie hatte die Hand von Georg ergriffen. Georg wollte sich zuerst entziehen, sagte sich aber, dass es unnötig und dumm wäre.

Zum einen hatte er ja das Sanctus von Luise, und zum anderen ging es niemand an, was er machte. Also griff er freudig zu und genoss es verliebt zu sein.

„Wollen wir dem <Empereur> unsere Aufwartung machen?", fragte Georg.

„Oui, mon General!", antwortete Manon und führte ihre Hand zum Kopf wie ein salutierender Soldat.

Das <Maison Bonaparte> ist ein gepflegtes Stadthaus, in welchem Napoleon geboren wurde und aufgewachsen ist. Originalmöbel, diverse persönlichen

Gegenstände und Schautafeln zeigen das Leben der Familie Bonaparte.

Danach führte Manon Georg weiter zum <Place Foch>, an dessen Ende eine Statue Napoleons mit dem Löwenbrunnen steht.

„Schade, dass es schon so spät ist", sagte Manon, *„am Vormittag ist hier Markt, der <Marché des Producteurs de Pays> mit seinen herrlichen Produkten: köstliche Käse, Gewürze, Brot und Backwaren."*

Georg bat einen Touristen, wahrscheinlich auch ein Gast auf der Aurora, ein Bild von ihm und Manon zu machen.

„Als Beweisfoto für Luise", sagte er zu Manon.

Das <Musee Foch> beherbergt die bedeutendste Kunstsammlung der Insel. Eine Vielzahl Bilder bekannter Maler wird hier ausgestellt.

Es sind Künstler aus der Zeit vom 16. bis zum 19. Jahrhundert, wie z.B. Pisano, Tiziano, Ghisolfi u.a. Kardinal Josef Foch, ein Halbbruder der Mutter Napoleons finanzierte den Bau.

„Nach so viel Kunst brauche ich erst einmal eine Pause", sagte Georg, *„und außerdem habe ich einen Riesendurst. Kannst du uns wohin führen, wo wir das Problem lösen können?"*

„*Mais oui, chéri*", antwortete Manon, „*ich weiß, wo es den besten Kaffee gibt und es ist auch gar nicht weit von hier.*"

Nur wenige Schritte vom Museum entfernt, nahmen Manon und Georg im <Café de Flore> Platz und ruhten sich aus.

„*Es ist wahrlich ein Segen, dass du das alles kennst*", sagte Georg und fuhr fort:

„*Tut es dir nicht ein bisschen weh, die Orte wiederzutreffen, an denen du und dein Mann glücklich ward?*"

„*Nicht mehr, chérie*", sagte Manon, „*und schon gar nicht, da ich dich und Luise getroffen habe.*"

Die beiden verließen das Café und marschierten weiter zum <Place de Gaulle>, den die Einheimischen immer noch <Place Diamant> nennen. Die Familie <Diamant> waren früher die Besitzer.

Das riesige Monument ist ein großer Anziehungspunkt für die Touristen. Es zeigt den Kaiser hoch zu Ross, gekleidet als römischer Kaiser, umgeben von seinen 4 Brüdern Joseph, Louis, Lucien und Gérôme.

Da sage einer, Napoleon hätte keinen Familiensinn gehabt. Der Sockel und der Bodenbelag des Platzes bestehen aus rotem Granit.

„*Ich führe dich jetzt in die <Cathédrale Notre-Dame-de-l'Assomption>, um dem lieben Gott für den*

105

wunderschönen Tag an der Seite eines wunderbaren Mannes zu danken", sagte Manon und gab Georg einen Kuss.

"Bist du ein religiöser Mensch?", fragte Georg.

"Nein", antwortet Manon, *"aber ich bin sicher, dass da droben einer sitzt, der die Fäden in der Hand hält."*

Manon hatte ihren Blick gen Himmel gerichtet, als sie das sagte.

"Und wie ist das mit dir?", fragte sie nun ihrerseits Georg.

"Ich sehe das ähnlich wie du", antwortet Georg lächelnd, dem die Formulierung Manons gefallen hatte.

"Dann ist es ja gut", sagte Manon, *"dann lass uns dem da oben jetzt unsere Aufwartung machen!"*

Die Kathedrale wurde im Barockstil gebaut, mit 6 Kapellen, einer Orgel und einem Marmortaufbecken. Napoleon wurde hier im Alter von 2 Jahren getauft.

In einer der Kapellen hängt ein Gemälde von Delacroix, einem der bedeutendsten Maler Frankreichs im 19. Jahrhundert.

Und in einer anderen befindet sich eine wunderschöne Madonnenfigur aus Carrara Marmor.

In der <Rosenkranzkapelle> wurden die Mitglieder der Familie Bonaparte begraben, bevor sie später in der kaiserlichen Kapelle, neben dem Musee Foch, ihre letzte Ruhe fanden.

Neben dem Eingang stehen die vermeintlich letzten Worte Napoleons auf einer Tafel:

„Wenn man meine Leiche ebenso verbannt, wie man meine Person verbannte, so möchte ich in der Kathedrale zu Ajaccio beigesetzt werden".

Es kam jedoch ganz anders. Napoleons Krypta wurde im Invalidendom in Paris beigesetzt.

Leider sind einige der Fresken, Wandmalereien im Stil <Trombe œil>, in einem renovierungsbedürftigen Zustand.

Bevor Georg und Manon zum Hafen zurückgingen, fuhren sie noch mit dem Bus nach Parata.

Auf dem Ausläufer, bestehend aus schwarzem Granit, befindet sich der <Tour de la Parata>, der ehemals zum Schutz der Stadt gebaut wurde.

Von oben hat man einen herrlichen Blick über die nahegelegenen <Îles Sanguinaires>, die blutroten Inseln.

Es war schon früher Abend, als Georg und Manon zum Schiff zurückkamen.

Peter hatte die beiden schon erwartet.

„*Wie geht es Luise?*", fragte Georg den Freund.

„*Leider nicht so gut*", antwortete Peter, „*aber das war zu erwarten. Ich habe ihr ein starkes Schmerzmittel gespritzt.*"

„*Können wir zu ihr?*", fragte Manon und Peter antwortete:

„*Das hat wenig Sinn. Die Injektion beinhaltet auch ein Schlafmittel. Luise wird vor morgen Früh nicht aufwachen.*"

„*Arme Louise*", sagte Manon, „*sie tut mir so leid.*"

„*Das wird schon wieder*", beruhigte Peter Manon, „*es braucht nur ein wenig Geduld.*"

Peter verabschiedete sich von den Freunden mit der Bemerkung, er hätte noch etwas zu tun. Er habe nur auf die Freunde gewartet, um ihnen den Zustand Luises zu erklären.

„*Ich weiß, das klingt jetzt nicht sehr sensibel, vielleicht auch ein wenig herzlos; aber ich freue mich, dass du mir auch den Rest des Tages gehörst, chéri. Und die ganze Nacht.*"

Manon sah Georg mit ihren dunklen Augen an, aus denen glühende Funken heißen Begehrens strömten. Georg spürte dieses Verlangen von Manon, und er vermochte sich dem nicht zu entziehen.

Sie aßen mit Peter noch zu Abend und zogen sich danach zurück, um sich ihrer Leidenschaft hinzugeben.

Manon schlief tief und fest, als Georg sich vorsichtig aus ihrer Umarmung löste. Manon wachte dennoch auf. Sie sah Georg an, der das Bett verlassen wollte, und fragte:

„Was machst du, chéri?"

„Sei mir nicht böse, Manon", sagte Georg, *„aber ich möchte bei Luise sein, wenn sie morgen Früh aufwacht. Das verstehst du doch, oder?"*

„Naturelement, chérie", antwortete Manon, *„und gib Louise einen Kuss von mir."*

****

Als die Schmerzen am späten Nachmittag stärker geworden waren, bat Luise Peter um Hilfe.

Peter kam in die Kabine und setzte sich an das Bett von Luise.

„Es tut mir leid, dass ich dich belästigen muss, lieber Peter", sagte Luise, *„aber die Schulter und der Arm tun mir höllisch weh."*

„Von Belästigung zu sprechen, beleidigt mich, liebste Luise", antwortete Peter, „ich hätte gedacht, du kennst mich ein wenig besser."

Luise lächelte. Sie griff nach Peters Hand und hielt sie fest.

„Es ist schön, dass du da bist", sagte sie, „mir geht es schon viel besser."

„Du Schmeichlerin", sagte Peter.

„Jetzt beleidigst du mich", sagte Luise und drückte einen Kuss auf Peters Hand.

„Ich werde dir jetzt eine Spritze geben; dann gehen die Schmerzen zurück und du wirst bald einschlafen. Das wird dir guttun."

„Warte, Peter", sagte Luise, „ich möchte vorher noch mit dir über etwas reden. Du hast doch Zeit, oder?"

„Solange bis die Meute vom Landgang zurück kommt", antwortete Peter.

„Ich werde jetzt mein Innerstes nach außen kehren", begann Luise, „und ich möchte dich um deinen Rat bitten und um deine Hilfe."

„Wenn ich dazu imstande bin, sehr gern, liebste Luise."

„Dann fange ich jetzt an, mein Lieber."

Und Luise erzählte dem Arzt und Freund von ihrem amourösen Erlebnis mit Manon, und von ihrem Abkommen zwischen ihr, Georg und Manon.

Peter hörte zu und fiel von einer Überraschung in die andere. Er musste unwillkürlich an das Ereignis in seiner Praxis denken, als Luise ihn animierte sie abzutrocknen, und welche Gefühle dabei in ihm erwachten.

Als Luise am Ende ihrer Ausführungen angelangt war, sagte Peter:

„Ich bin etwas verunsichert. Ich weiß nicht so recht, was genau du von mir erwartest."

Luise sah Peter lange an, bevor sie fragte:

„Was empfindest du für mich, Peter?"

Und bevor Peter antworten konnte, sagte Luise:

„Bevor du etwas sagst wie Bewunderung, Hochachtung oder - noch schlimmer - Respekt, überprüfe dein Herz genau, Herr Doktor!"

In Peters Kopf herrschte das totale Chaos. Was sollte er Luise antworten, auch im Hinblick auf die Offenbarung seines Freundes Georg, die Libido seiner Gattin betreffend.

„Ist es wirklich so schwer mir deine Gefühle für mich zu offenbaren?", fragte Luise.

„Ja", stieß Peter hinaus, „Georg hat mir vor Tagen eure Situation geschildert. Du weißt schon, was ich meine."

Luise zeigte sich – zur großen Überraschung von Peter – nicht sonderlich beeindruckt von dem Gesagten.

„Du meinst unser ruhendes Sexualleben", sagte Luise und Peter bekam augenblicklich einen ganz trockenen Mund. Er wurde gerade aus der Frau, die schmerzerfüllt vor ihm in ihrem Bett lag, nicht schlau. Was wollte sie von ihm?

„Darf ich dich etwas sehr Direktes fragen?", sagte Luise.

„Machst du das nicht schon die ganze Zeit?", fragte Peter zurück.

Luise hielt einen Moment lang inne und sagte dann:

„Wenn ich dir zu nahegetreten bin oder wenn ich dich verletzt haben sollte, dann lass uns dieses Gespräch hier beenden und vergessen. In diesem Fall möchte ich dich um Verzeihung bitten."

„Das wäre für beide Seiten nicht gut", antwortete Peter, „jetzt sind wir so weit gegangen, dann lass es uns auch zu Ende bringen."

„Danke, Peter", sagte Luise, die noch immer seine Hand in der ihren festhielt.

„Kannst du dir vorstellen mich zu lieben, ich meine das sowohl auf der Gefühlsebene als auch auf der körperlichen? Jedoch mit einer Einschränkung: Zärtlichkeit ja – Sex nein."

Das Erstaunen über diese Frau, die Peter vor geraumer Zeit noch nicht einmal persönlich kannte, wuchs ins Unermessliche.

„Und welche Rolle soll Georg dabei spielen?", fragte er. *„Georg ist mein Freund, und ich habe ihm viel zu verdanken."*

„Was meinst du im Speziellen?", fragte Luise.

„Du weißt schon, die Sache damals mit Professor Jung."

Peter erkannte im selben Augenblick, dass er gerade – ohne es zu wollen - die <Büchse der Pandora> geöffnet hatte.

„Du kennst die Geschichte gar nicht", sagte er mit tonloser Stimme.

„Ich glaube nicht", sagte Luise, *„aber ich möchte dich bitten sie mir jetzt sofort zu erzählen."*

„Wäre es nicht besser, Georg würde sie dir erzählen?", versuchte Peter der peinlichen Situation zu entkommen.

„Auf gar keinen Fall", antwortete Luise leicht aufgebracht, *„ich könnte mir nämlich nicht wirklich*

sicher sein, ob ich die ganze Wahrheit erfahren wür-
de.“

„*Also gut*“, begann Peter und dann erzählte er die
Geschichte von Professor Heinrich Jung, dem Chef
und Besitzer einer Privatklinik, einem Oberarzt mit
Namen Georg Heller, und einem Assistenzarzt, namens Peter Schilling.

Georg Heller war damals mit Dorothea, der Tochter des Professors verlobt, und von seinem künftigen
Schwiegervater als dessen Nachfolger fest eingeplant.

Ein Kunstfehler des Herrn Professors, der den Ruf
der Klinik stark beschädigt und die eventuelle Schlie-
ßung nach sich gezogen hätte, veranlasste den Professor seinen künftigen Schwiegersohn zu einem ver-
hängnisvollen Kuhhandel zu bewegen.

Der Oberarzt, Dr. Georg Heller, sollte die Schuld
auf sich nehmen, und für eine kurze Weile in der Ver-
senkung verschwinden, bis Gras über die leidige An-
gelegenheit gewachsen wäre.

Georg wehrte sich anfangs heftig gegen diesen
abstrusen Vorschlag, erlag aber dann doch den Bear-
beitungskünsten seiner Verlobten und stimmte zu.

Er machte aber zur Bedingung, dass der junge,
tüchtige und aufstrebende Dr. Peter Schilling, der mit
Georgs Schwester verheiratet war, zum Oberarzt
avancieren sollte.

Und so geschah es, dass Dr. Georg Heller die Schuld des Professors auf sich nahm und die Klink verließ.

Nur wenig später verließ Dorothea Jung ihren Verlobten, weil er mit dem Makel, der ihm anhaftete, ja nicht mehr gesellschaftsfähig war.

Georg hatte eine Verschwiegenheitsklausel beim Notar unterschrieben, mit welcher sich der ehrenwerte Herr Professor nach allen Seiten absicherte.

Nur seinem Freund und Schwager, Dr. Peter Schilling, erzählte er die ganze Wahrheit. Irgendwie musste er ihm ja auch erklären, wieso er plötzlich zum Oberarzt mutiert war.

Georg Heller kehrte der Medizin daraufhin den Rücken, zumal ihm sehr schnell klar wurde, dass der Professor ihn nur benutzt hatte.

Und auf diese Weise wurde aus einem fähigen Arzt ein einfacher Taxifahrer.

Luise hatte den Schilderungen von Peter zugehört, ohne ihn zu unterbrechen. Sie wäre wohl auch gar nicht dazu fähig gewesen. Zu ungeheuerlich war die Geschichte, die sie gerade zum ersten Mal gehört hatte.

Und auf einmal bekamen viele Dinge einen Sinn, nach dem sie am Anfang ihrer Beziehung zu Georg manchmal vergeblich gesucht hatte.

„Es tut mir leid, dass du das alles von mir erfahren musstest, meine Liebe", sagte Peter.

„Das muss dir nicht leidtun, Peter", antwortete Luise, *„ich bin sehr froh, dass du es mir gesagt hast."*

„Wirklich?", fragte Peter erstaunt.

„Ja, mein Liebling", antwortete Luise, *„das macht alles noch viel leichter."*

„Muss ich das jetzt verstehen?", fragte Peter.

„Nein, mein Liebling", antwortete Luise, *„aber du bist mir noch eine Antwort auf meine Frage von vorhin schuldig, wenn du dich noch daran erinnerst."*

Peter erinnerte sich sehr wohl daran, war aber gerade zu sehr aufgewühlt, um mit der Frage angemessen umgehen zu können.

Er hatte sich – nach der Trennung von Brigitte – auf keine Frau mehr eingelassen. Und gerade eben wurde ihm ein Angebot gemacht, das in seiner Art wohl einmalig war.

„Du bist dir auch wirklich sicher, dass Georg damit einverstanden wäre?"

„Ich glaube schon", antwortet Luise, *„ich nehme doch an, dass die Sache zwischen Georg und Manon etwas Ernsthaftes werden wird."*

„Dann lass uns erst einmal die Reise zu Ende bringen, dann werden wir ja wohl mehr wissen. Und dann können wir auch ernsthaft darüber reden."

„Ist gut, mein Liebster", sagte Luise, *„dann gib mir jetzt die Spritze und lasse mich schlafen. Aber vorher gibst du mir noch einen Kuss, und bitte, geh erst, wenn ich eingeschlafen bin."*

Peter gab Luise die Spritze und es dauerte auch nicht wirklich lange, bis die Wirkung einsetzte. Luise wehrte sich zwar heftig dagegen; aber irgendwann wurde der Schlaf übermächtig.

Es reichte gerade noch für ein *„Ich liebe dich, Herr Doktor!"*, bevor sie einschlief.

Peter blieb noch einen Augenblick lang vor Luises Bett stehen, bevor er ging. Dann sagte er: *„Du verrücktes Huhn"* und zog die Tür hinter sich zu.

****

„Guten Morgen, Liebling, wie fühlst du dich?"

Luise hatte die Augen geöffnet und war überrascht Georg zu sehen, der völlig angezogen neben ihrem Bett stand.

„*Guten Morgen*", antwortete Luise, „*wie durch den Fleischwolf gedreht.*"

Georg war gar nicht aufgefallen, dass Luise den sonst so üblichen Zusatz <mein Schatz> weggelassen hatte.

Sie blickte in das Gesicht eines fröhlich schauenden Georgs, und ihr fiel auf, dass das nicht derselbe Mann war, mit dem sie vor wenigen Tagen Genua verlassen hatte.

„*Wie spät ist es?*", fragte sie und Georg antwortete:

„*Es ist 9:00 Uhr und wir sind vor einer halben Stunde in Civitaveccia eingelaufen. Möchtest du Frühstück? Willst du in der Kabine frühstücken oder an Deck?*"

„*Ich möchte hier frühstücken; aber mach die Tür zum Balkon auf, ich brauche frische Luft.*"

Als Georg telefonierte, um das Frühstück zu bestellen, klopfte es. Es war der Doktor, der nach Luise schauen wollte.

„*Guten Morgen, Doktor!*", begrüßte Luise den Schiffsarzt. „*Hast du gut geschlafen?*"

Peter lachte und sagte:

„Normalerweise fragt das der Arzt den Patienten und nicht umgekehrt. Aber ja, ich habe gut geschlafen und ich bringe gute Neuigkeiten."

„Dann lass einmal hören!", sagte Luise, deren Stimmung sich gerade einem Hoch näherte. Sie fühlte sich wohl in Peters Nähe, und das wurde ihr gerade sehr bewusst.

„Wir zwei machen später einen Ausflug nach Rom", sagte Peter.

„Das glaube ich kaum", antwortete Luise, „ich kann mir nicht vorstellen den Tag zwischen lauten, drängenden, schwitzenden Touristen zu verbringen."

„Das sollst du ja auch nicht", antwortete Peter, „unser Ausflug hat mit Tourismus nichts zu tun."

„Wie das?", fragte Luise erstaunt, und Peter erklärte ihr, dass er einen lieben Freund und Kollegen kontaktiert habe, der im Laufe des Vormittags einen Wagen mit Chauffeur vorbeischicken wollte, um Luise und ihn abzuholen.

„Mein Freund ist Professore Luigi Pantani, Chef und Besitzer einer Privatklinik, etwas außerhalb von Rom, in Tivoli."

„Und was machen wir da?", fragte Luise.

„Dich gesund", antwortete Peter, „also genauer gesagt, ein Stück weit gesünder als du es jetzt bist."

„*Soll ich nicht mitkommen?*", fragte Georg, der sich gerade etwas überrumpelt vorkam.

„*Du kümmerst dich um Manon und eroberst mit ihr Rom. Und am Abend erzählt ihr mir dann wieder. Und macht recht viele Fotos!*"

Georg dachte daran, dass sie noch nicht einmal von ihrem Ausflug nach Ajaccio berichtet hatten, von wegen <wieder erzählen>…

„*Dann lasse ich euch wieder allein*", sagte Peter, „*wenn der Fahrer da ist, hole ich dich ab.*"

„*Danke, mein Lieber*", sagte Luise, „*bis später!*"

„*Soll ich wirklich nicht mitkommen?*", wagte Georg einen weiteren Versuch.

„*Nein, das ist nicht nötig, Georg*", sagte Luise, „*und jetzt bitte Manon zu mir, sie soll mir beim Anziehen behilflich sein.*"

„*Aber das kann ich doch machen*", wandte Georg ein.

„*Ganz bestimmt nicht*", antwortete Luise, „*du hast sicher viel Erfahrung beim Entkleiden von Damen; aber ganz sicher keine beim Anziehen. Das soll lieber Manon machen.*"

Als Manon kurz darauf die Kabine betrat, komplimentierte Luise ihren Gatten hinaus.

„*Bonjour, chérie, wie geht es dir?*", fragte Manon und wollte Luise einen Kuss auf den Mund geben.

Luise drehte sich weg und reichte Manon die Wange dar.

„*Es geht mir etwas besser, liebe Manon; vielen Dank!*"

„*Hast du mich nicht mehr lieb?*", fragte Manon mit einem spitzbübischen Lächeln.

„*Aber ja doch*", antwortete Luise, „*aber nicht so.*"

„*Das ist schade, chérie*", sagte Manon, „*es würde mir sehr gefallen.*"

„*Ich möchte dich aber bitten, dass wir Freundinnen bleiben, gute Freundinnen*", sagte Luise, „*und für das Andere hast du ja Georg.*"

„*D'accord, chérie, dann machen wir das so*", sagte Manon, „*und jetzt werde ich dir beim Einkleiden helfen als Freundin, als sehr gute Freundin; mais non, als meine allerbeste Freundin.*"

Die Frauen lachten. Sie fanden sich in einer Verbundenheit wieder, welche beiden Teilen gerecht wurde.

Es dauerte nur eine knappe Stunde, bis Peter wieder an der Tür klopfte.

„*Bist du bereit mit mir eine kleine Reise zu machen, liebste Luise?*"

Luise freute sich über den kleinen Zusatz ihres Namens, und sie antwortete mit einem strahlenden Lächeln:

„*Mit dir, mein Liebster, bis ans Ende der Welt und bis in alle Ewigkeit!*"

****

Georg und Manon waren mit dem Zug in Richtung <Roma Termini> unterwegs.

„*Hat dir Luise vorhin irgendetwas erzählt?*", sagte Georg plötzlich zu Manon, welche die ganze Zeit beim Fenster hinausschaute.

„*Was meinst du denn mit <irgendetwas>*", fragte Manon, ohne den Blick zu wenden.

„*Über dich und mich, und überhaupt.*"

„*Nur, dass du mir gehörst*", antwortete Manon, in einem schon fast gelangweilten Tonfall, und bevor Georg darauf reagieren konnte, fuhr sie fort:

„*Ich glaube, zwischen Louise und Pierre läuft etwas.*"

„*Wie kommst du darauf?*", fragte Georg leicht erregt.

„*Ich weiß nicht so recht*", antwortete Manon, „*eine Frau spürt so etwas.*"

„*Das ist Unsinn*", erwiderte Georg, „*das hätte ich bemerkt.*"

Manon wandte ihren Blick vom Fenster ab, sah Georg mit einem Lächeln an und sagte:

„*Du bist einfach süß, chéri.*"

****

Nach einer Stunde Fahrt stiegen die beiden an der Station <Roma San Pietro> aus, und nach einem kurzen Fußmarsch standen sie vor dem mächtigen Petersdom.

Die Basilika mit ihren vielen Namen, wie beispielsweise <Templum Vaticanum> ist eine der größten und bedeutendsten Kirchen der Welt. Sie bildet, zusammen mit sechs anderen, die sieben Pilgerkirchen der Stadt.

Der Dom bietet mit seinen fünf Schiffen 60.000 Gläubigen Platz.

Der Hochaltar befindet sich an der Stelle, wo der <Heilige Petrus> 67 n.Chr. beerdigt worden sein soll. Der Altar ist 28 Meter hoch und war bei seiner Erschaffung höher als jedes andere Bauwerk Roms.

Keine geringeren Köpfe wie Bramante und Michelangelo haben sich am Bau des Doms verwirklicht und unsterblich gemacht.

Auf dem Platz davor befindet sich in der Mitte ein 25 Meter hoher ägyptischer Obelisk. In der Antike befand sich der Obelisk mitten im Zentrum des <Circus Gai et Neronis>.

Georg und Manon setzten – nach einem kurzen Besuch im Inneren des Doms - ihren Rundgang fort und kamen zum <Monumento Vittorio Emanuele II.>, dem Inbegriff menschlicher Gigantomanie.

Das 135 Meter breite und 70 Meter hohe Denkmal erinnert an den ersten König Italiens. Für den Bau musste ein ganzer Stadtteil abgerissen werden.

Im Denkmal befindet sich das <Grabmal für den Unbekannten Soldaten> mit der ewigen Flamme. Rechts neben dem Denkmal liegt der <Kapitolsplatz> mit seinen <Dioskuren>, welche den Aufgang bewachen.

Von der Rückseite des Denkmals aus kann man das <Forum Romanum> sehen und das <Colosseum>.

„Und da heißt es immer, Napoleon sei großwahnsinnig gewesen", sagte Manon.

124

„*Du meinst wohl <größenwahnsinnig>, mein Schatz*", korrigierte Georg mit einem Lächeln.

„*Habe ich doch gesagt, ou de ne pas?*", antwortete Manon und sah Georg vorwurfsvoll dabei an.

„*Lass uns weitergehen*", sagte Georg anstelle einer Antwort.

Auf der <Piazza Navona> befinden sich drei wunderschöne Brunnen: die <Fontana del Moro>, die <Fontana di Nettuno> und der < Fontana dei Quattro Fiumi>.

Die vier Figuren des <Vierströmebrunnens> symbolisieren die Donau, den Ganges, den Nil und den Rio de la Plata und stehen für die damals vier bekannten Erdteile; Australien war zu jener Zeit noch nicht entdeckt.

„*So viel Wasser*", sagte Georg, „*ich glaube, ich brauche jetzt etwas zu trinken.*"

„*Ich habe eine viel bessere Idee*", entgegnete Manon. „*Ich war mit Waldi immer in einem kleinen Straßencafé, in dem es den besten Eiskaffee der Welt gibt.*"

„*Du hattest einen Hund?*", konnte sich Georg nicht verkneifen scheinheilig zu fragen.

„*Mais non*", antwortete Manon, welche die Absicht Georgs nicht durchschaute, „*Waldi war mein Ehemann, du crétin.*"

Manon hatte nicht übertrieben. Der Eiskaffee, den sie im Freien- unter einem riesigen Sonnenschirm sitzend – genossen, war eine Offenbarung. Der Preis jedoch war es auch.

Das <Pantheon> ist ein beeindruckendes Gebäude und beherbergt das Grabmal Raphaels. Es ist ein zur Kirche umgeweihtes antikes Bauwerk.

Beeindruckend sind das 6 Meter hohe Eingangstor aus Bronze und das <Opaion>, eine kreisrunde Öffnung in der Kuppel der <Rotunde>, von 9 Metern Durchmesser, welches die einzige Lichtquelle bildet.

Als Georg und Manon bei der <Spanischen Treppe> angekommen waren, setzen sie sich – inmitten vieler Jugendlicher – nieder und beobachteten das Treiben der vielen Touristen.

„Wie gefällt dir die Stadt?", fragte Manon.

„Ich war vor Jahren mit Luise schon einmal hier", antwortete Georg, *„Rom ist unbestritten eine interessante und tolle Stadt; aber es gibt einfach zu viele Touristen."*

„Du bist ein Snob", sagte Manon, *„ich werde dich jetzt zum <Amphitheatrum Flavium> schleppen und dich den Löwen zum Fraß vorwerfen."*

„Gnade, Herrin, Gnade!", flehte Georg händeringend, und Manon antwortete: *„Auf die Knie, Sklave!"*

Und was Manon weder erwartet noch geglaubt hätte, Georg kniete tatsächlich vor Manon nieder. Kaum, dass er dies getan hatte, erklang Applaus von den umhersitzenden Touristen.

„Mon petit fou", sagte Manon und küsste Georg.

Das <Amphitheatrum Flavium>, besser bekannt als <Kolosseum>, bot zu jener Zeit 50- bis 60-tausend Menschen Platz. Zu Beginn noch der Ort für die Nachstellung antiker Seeschlachten, wurde es sehr bald zum Schauplatz für Gladiatorenkämpfe und Tierhatzen.

Als Georg und Manon schon fast beim Kolosseum angekommen waren, sahen sie die vielen Gruppen mit ihren vorausmarschierenden Fähnlein und Regenschirm schwingenden Führern.

„Wollen wir uns das wirklich antun?", fragte Georg, *„wir waren ja beide schon einmal hier, und du sogar noch öfter. Wollen wir nicht lieber etwas essen gehen?"*

„Einverstanden", sagte Manon, *„ist mir auch lieber."*

Kurze Zeit später saßen sie in einer Trattoria, in der es – bedingt durch die dicken Mauern des Gebäudes – angenehm kühl war.

„Ich weiß schon, was ich möchte", sagte Manon, *„ich brauche keine Karte."*

„*Und was ist das?*", fragte Georg.

„*Spaghetti con vongole*", antwortete Manon, „*ich liebe das.*"

„*Gut, dann nehme ich das auch*", sagte Georg.

Die beiden hatten ihre köstlichen Spaghetti gegessen, dazu ein Glas Soave getrunken, und zum Verdauen einen Grappa hinterhergeschickt.

„*Für heute bin ich genug marschiert*", sagte Manon, „*ich glaube, wir nehmen uns ein Taxi zum Bahnhof.*"

Als der Zug vom Bahnhof <*Roma San Pietro*> abgefahren war, legte Manon ihren Kopf an Georgs Schulter und sagte:

„*Das war ein sehr schöner Ausflug, chéri; ich danke dir!*"

Georg lächelte. Er war zwar ebenso müde wie seine Begleiterin; aber auch ebenso glücklich.

****

Luise und Peter staunten nicht schlecht, als sie sahen, mit welch noblem Gefährt der Professore seinen Fahrer geschickt hatte, um sie abzuholen.

Es war ein <Citroën Traction Avant 11 B> in bordeauxrot mit hellbraunen Ledersitzen und weißen Felgen.

Der Fahrer stand am Kai und hielt ein Schild vor seiner Brust mit dem Namen des Doktors.

Als sich die beiden im Fond des Schmuckstücks niederließen, fühlte es sich an, als hätten sie auf einem Chaiselongue Platz genommen.

„Quelle voiture extraordinaire", sagte Luise, *„das ist ja himmlisch."*

„Ja", sagte Peter, *„das hat Stil."*

Die Fahrt nach Tivoli dauerte 1 ½ Stunden und verlief äußerst angenehm. Peter hatte Luise noch vor der Abfahrt ein leichtes Schmerzmittel gegeben, damit die Fahrt problemlos verlaufen würde.

„Fühlst du dich wohl, mein Liebling?", fragte Peter fürsorglich.

„Ja, Liebster", sagte Luise, *„ich fühle mich wunderbar."*

Luise hielt Peters Hand fest in der ihren, und bevor sie das fragte, was ihr so sehr auf der Seele brannte, drückte sie einen langen Kuss darauf.

„Liebst du mich, Peter?"

Peter zeigte sich überrascht ob der Frage und antwortete:

„Ich denke, das weißt du, mein Herz; aber ich will es dir gern bestätigen. Ich liebe dich, wie ich schon sehr lange keine Frau mehr geliebt habe."

Wieder küsste Luise Peters Hand, bevor sie weiter fragte:

„Bist du sicher, dass du mich so lieben kannst, wie wir vor kurzem gesprochen haben? Wird es dir auch wirklich genügen?"

Peter sah Luise lange an, und er erkannte in ihrem fragenden Blick die Angst, er könne ihre Frage nicht bejahen.

„Ich bin mir sicher, mein Liebling", antwortete er dann, *„die Liebe, die wir gemeinsam leben, wird – wie auch immer sie sich entfalten mag – uns beide erfüllen und uns genügen."*

„Ich danke dir, du wunderbarer Mann", drang es aus Luise heraus, *„und ich liebe dich dafür, dass du so bist wie du bist!"*

Luise wollte Peter um den Hals fallen, unterbrach ihr Unterfangen aber sofort, als der Schmerz ihr Einhalt gebot. Ein kleiner Aufschrei dokumentierte ihre Fehlentscheidung.

Eigentlich war es ja keine Entscheidung von Luise. Ihr Gefühl wollte den Verstand überrumpeln, was ihr aber schlecht bekam.

„Soll ich anhalten?", fragte der Fahrer besorgt in holprigem Deutsch, der sich durch den Schmerzensschrei erschrocken hatte.

„Das wird nicht nötig sein", antwortete Peter, *„trotzdem vielen Dank."*

Professore Pantani hatte die beiden schon erwartet. Peter und er begrüßten sich sehr herzlich. Luise begrüßte er mit einem Handkuss, nachdem Peter sie vorgestellt hatte.

„Es ist schon alles vorbereitet, meine Freunde", sagte der Professore, *„wir machen gleich unsere erste Bestrahlung, und morgen früh die zweite."*

„Das wird nicht gehen, Luigi", sagte Peter, *„unser Schiff legt schon heute Abend wieder ab."*

„Tranquillamente", sagte der Professore, *„du rufst deinen <Capitano della mare> an und sagst ihm, dass ihr morgen früh in La Spezia an Bord gehen werdet."*

„So einfach ist das nicht", sagte Peter, *„ich weiß nicht, ob mein Vertreter bis morgen bleiben kann."*

„Dann frage ihn", sagte der Professore, *„avanti, avanti!"*

Peter rief zuerst Dr. Brauer, seine Vertretung an, und zu seinem großen Erstaunen, willigte dieser ein.

Das Einverständnis des Kapitäns war dann nur noch eine Formsache. Peter und er kannten sich viel zu lang, auf dass er ihr Vorhaben nicht unterstützt hätte.

„So, nachdem das geklärt ist, schreiten wir jetzt zur Tat, Signora Luise", sagte der Professor und Luise antwortete:

„Nennen Sie mich bitte Luise, Professore!"

„Sehr gern", antwortete der Professore, *„aber nur, wenn Sie mich Luigi nennen."*

Als Luise mit der Bestrahlung fertig war, ließ der Professore einen speziellen Salbenverband anlegen.

„Erschrecken Sie nicht, das wird in wenigen Minuten sehr kühl. Die Salbe ist ein Geheimrezept aus speziellen Kräutern. Ich habe das Glück eine Kräuterhexe zur Hand zu haben."

Danach bekam Luise eine Schulterorthese angelegt, was sie sehr erfreute. Der alte Verband war ja doch recht unangenehm.

„Und jetzt kommt die Belohnung für die tapfere Patientin", sagte der Professore. *„Stefano, der euch hergebracht hat, fährt euch jetzt zur <Villa d'Este>. Dort könnt ihr ein wenig Luft schnappen und im schönen Park lustwandeln."*

„*Wir müssen uns aber erst noch ein Hotel suchen*", sagte Peter.

„*Willst du mich beleidigen?*" sagte der Professore mit leicht erhobener Stimme, „*ihr seid natürlich meine Gäste.*"

„*Vielen Dank, Luigi*", sagte Peter, und Luise gab dem Mann mit weißem Haar einen Kuss auf die Wange.

„*Sie sind ein Schatz, Professore; vielen Dank!*"

Der Professore lächelte und tätschelte Luise die Wange, wie man das eher bei kleinen Kindern macht. Und zu Peter sagte er:

„*Deiner Luise ist ein braves Mädel, pass gut auf sie auf!*"

Stefano fuhr zur Villa d'Este, die nur unweit der Klinik lag. Er ließ Luise und Peter aussteigen und sagte:

„*Ich hole Sie in einer Stunde hier wieder ab.*"

Dann setzte er seine Mütze wieder auf, wie sich das für einen ordentlichen Chauffeur geziemt, stieg in seine Prachtkutsche und fuhr davon.

Zuvor hatte er der Frau beim Eingang ein paar Worte gesagt, dessen Inhalt sich jedoch weder Peter noch Luise erschloss.

Die beiden wunderten sich, als sie den Park betraten, dass niemand außer ihnen da war. Der Grund dafür sollte sich erst später offenbaren.

„Das ist wie im Paradies", sagte Luise, während sie durch den Park mit seinen über 500 Brunnen, Nymphäen, Wasserspielen, Grotten und Wasserbecken spazierten.

„Ich bin sehr glücklich", sagte Luise zu Peter, als sie sich auf eine Bank beim <Neptunbrunnen> setzten und die dahinterliegende <Wasserorgel> bestaunten, welche allein durch ein natürliches Gefälle betrieben wird.

„Glaubst du an Schicksal?", fragte Luise.

„Ich weiß nicht so recht", antwortete Peter. *„Was meinst du genau?"*

„Nun, das alles", sagte Luise, *„dass ich dich kennengelernt habe, dass Georg sich in Manon verliebt hat, dass wir beide verliebt sind, und dass wir jetzt hier sitzen, mitten im Garten Eden."*

„Meinst du, dass irgendein höheres Wesen seine Finger im Spiel hat?", antwortete Peter.

„Ja", antwortet Luise, *„genau das meine ich."*

„Ein schöner Gedanke", sagte Peter, *„er könnte mir gefallen."*

„*Heißt das, du glaubst nicht an Gott?*", fragte Luise.

„*Wäre das schlimm?*", antwortete Peter zaghaft.

„*Natürlich nicht*", antwortete Luise und setzte nach:

„*Aber an irgendetwas musst du doch glauben.*"

„*An dich*", antwortete Peter, „*und seit ein paar Tagen auch wieder an die Liebe.*"

„*Das ist schön*", sagte Luise und schmiegte sich fest an Peter, „*und es genügt mir auch.*"

Stefano stand – pünktlich auf die Minute – vor der Villa, um sie abzuholen.

„*Wie hat es Ihnen gefallen?*", fragte er.

„*Es war wunderbar*", antwortete Luise, „*mit am besten haben mir die Wasserorgel und die Deckenfresken in der Villa gefallen.*"

„*Und Ihnen, Signore?*", fragte Stefano Peter.

„*Dass ich das alles mit dieser wunderbaren Frau an meiner Seite genießen konnte*", antwortete Peter, und Stefano grinste über das ganze Gesicht, als er das hörte.

„*Wieso waren außer uns keine anderen Besucher da?*", fragte Luise und Stefano erklärte den beiden, dass der Park zurzeit geschlossen wäre; der Professore jedoch für eine Ausnahme gesorgt hätte.

Er hatte vor Jahren den Verantwortlichen für die Villa d'Este erfolgreich operiert und heute einen Gefallen dafür eingefordert.

Als sie vor dem Haus des Professore ankamen, waren sie nicht wirklich überrascht.

Das Haus, welches man schon mehr als <Villa> bezeichnen konnte, passte zu dem Auto samt Chauffeur. Es lag in einem kleinen Park und hatte einen beidseitigen Treppenaufgang.

Der Hausherr führte seine Gäste ins Hausinnere, wo die Dame des Hauses sie erwartete. Sie war um einiges jünger als der Professore und hatte ein liebes, hübsches Gesicht.

„Das ist die Hexe Chiara, von der ich gesprochen habe", stellte der Professore seine Gattin vor und fuhr fort:

„Sie ist vor fünf Jahren mit ihren Kräutern zu mir in die Klinik gekommen und hat mich beschwatzt in Geschäftsverbindung mit ihr zu treten.

Und weil mir das mit der Zeit zu kostspielig wurde, habe ich sie vor einem Jahr geheiratet. Ich war ihrem Hexenzauber total verfallen, und ich konnte mich gar nicht dagegen wehren."

„Jetzt hör aber auf!", sagte Chiara, *„sonst glauben die beiden das noch."*

Der Professore gab Chiara einen Kuss auf die Wange und dann stellte er Luise und Peter vor.

„Ich möchte Sie herzlich willkommen heißen, und ich hoffe sehr, dass Sie sich bei uns wohlfühlen. Es ist nur schade, dass Sie morgen Früh schon wieder weitermüssen."

„Vielen Dank für Ihre Gastfreundschaft", sagte Peter und gab Chiara einen Handkuss.

„Dann darf ich Sie zu Tisch bitten", sagte Chiara, *„ich habe eine Kleinigkeit herrichten lassen."*

Die Kleinigkeit bestand aus:

Bologneser Öhrchen – Blätterteigröllchen, gefüllt mir Hackfleisch, passierten Tomaten und Kräutern.

Chicorée Schiffchen – Chicoréeblätter, gefüllt mit Gurke, Zwiebel, Mango, abgeschmeckt mit Limettensaft und Schale, Honig, Salz und Chili.

Garnelen-Asia-Rollen – Filoteigblätter, gefüllt mit Garnelen, Möhren, Frühlingszwiebeln, Chinakohl, abgeschmeckt mit Currypaste, Zitronensaft und Salz.

Pizzastangen – Pizzateig, belegt mit Tomatenpesto, Anchovis, Oliven, Kapern und geriebenem Gouda, in Streifen geschnitten.

Dazu gab es einen <Orvieto DOC> aus dem Latium, und nach dem Essen einen Espresso und einen Grappa zur Verdauung.

„Ich möchte nicht unhöflich erscheinen", sagte Luise, *„aber ich glaube, ich muss jetzt schlafen gehen."*

Es war schon kurz vor Mitternacht, und die Strapazen und Aufregungen des Tages zeigten jetzt ihre Wirkung.

„Überhaupt nicht, meine Liebe", sagte der Professore, *„es ist ja auch schon spät."*

„Ich werde Ihnen Ihr Zimmer zeigen", sagte Chiara und führte die Gäste in den ersten Stock.

Luise war etwas erstaunt, dass sie gar nicht gefragt wurden, ob sie in einem Zimmer schlafen wollten. Aber ihre offensichtliche Verliebtheit hatte die Frage wohl überflüssig gemacht.

„Unsere erste gemeinsame Nacht", sagte Luise, als sie nebeneinanderlagen. Peter hatte Luise beim Ausziehen geholfen und sie zum ersten Mal nackt gesehen.

Luise, welche Peters Blicke wohl bemerkt hatte, sagte:

„Bitte, habe Geduld mit mir, Liebster", und Peter antwortete:

„*Sei unbesorgt, mein Herz, es ist alles gut. Es wird nichts geschehen, was dich erschrecken oder dir Angst machen könnte.*"

„*Danke, Liebster*", sagte Luise, „*schmieg dich fest an mich und lass uns so einschlafen.*"

Es dauerte nicht lange und Luise war eigeschlafen. Sie war völlig erschöpft, und sie hörte noch nicht einmal das „Gute Nacht" von Peter, der sie noch eine Weile betrachtete, bevor er das Licht löschte.

„*Haben Sie gut geschlafen?*", fragte Chiara am nächsten Morgen, „*und haben Sie etwas geträumt? Sie wissen ja, was man in einem fremden Bett in der ersten Nacht träumt, das soll in Erfüllung gehen.*"

„*Zum Träumen war ich viel zu müde*", antwortete Luise lachend, „*und Wünsche habe ich keine; die sind schon in Erfüllung gegangen.*"

Nach dem Frühstück brachte Stefano die Gäste wieder in die Klink zu einer weiteren Behandlung. Der Professore war schon vor ihnen dorthin gefahren.

„*Kann es sein, dass ich mich schon etwas besser fühle?*", fragte Luise den Professore ungläubig.

„*Das hoffe ich doch, meine Liebe*", antwortete Luigi, „*und das wird auch weiterhin rasch besser werden.*"

„*Lieber Herr Kollege, damit machst du deiner Luise morgens und abends einen Umschlag.*"

Mit diesen Worten überreichte der Professore Georg einen großen Tiegel mit der speziellen Kräutersalbe und fügte noch hinzu:

„Mit den besten Wünschen von meiner Kräuterhexe!"

Nach einer herzlichen Umarmung und der Aufforderung wieder einmal vorbeizuschauen, trennte sich der Professore von seinem Freund und seiner Patientin und ging zurück an seinen Arbeitsplatz.

Stefano trat kräftig aufs Gas, um seine Fahrgäste sicher nach <La Spezia> zu bringen, wo die Aurora schon längst an der <Molo Garibaldi>, 2 Kilometer von der Stadt entfernt, vor Anker lag.

****

„Ich habe eine Nachricht für Sie", sagte der Kapitän zu Georg, als er mit Manon von seinem Landausflug zurückgekehrt war.

„Ihre Gattin und Dr. Schilling werden erst morgen Vormittag zu uns stoßen."

„Ist etwas passiert?", fragte Georg besorgt.

„Ich kann Sie beruhigen", antwortete der Kapitän, *„es ist alles in bester Ordnung. Ihrer Gattin wird nur noch eine weitere Behandlung morgenfrüh zuteil."*

„Siehst du, chéri", sagte Manon, *„tout va bien."*

Es war Georg unangenehm, dass Manon ihn – im Beisein des Kapitäns - so nannte; er sagte aber nichts. Ein seltsames Gefühl beschlich ihn. Er fragte sich, warum Luise ihn nicht selbst angerufen hatte, um ihm das mitzuteilen.

„Freust du dich nicht, dass wir den Abend und die Nacht für uns haben, chéri?", fragte Manon. Ihr war die bedrückte Stimmung Georgs aufgefallen.

„Aber ja", antwortete Georg, *„ich mache mir nur ein wenig Sorgen um Luise."*

„Du hast doch gehört, was der Kapitän gesagt hat", antwortete Manon, leicht ungehalten. *„Louise geht es gut; also kümmere dich um mich. Oder liebst du mich nicht mehr?"*

„Natürlich liebe ich dich", antwortete Georg, obwohl er sich in diesem Moment gar nicht mehr so sicher war. Als er Manon zum ersten Mal begegnet war, hatte es ja sofort bei ihm eingeschlagen.

Ihr Aussehen, ihre laszive Art sich zu bewegen, und nicht zuletzt ihre Stimme hatten es ihm sofort angetan. Und obwohl Manon es nicht darauf anlegte, verliebte er sich sofort in diese Frau. Und ein starkes Begehren gesellte sich dazu.

Es lief auch alles gut, zumindest bis hierher. Er konnte bei Manon all das erleben, was er solange vermisst hatte.

Er konnte aber auch gute Gespräche mit ihr führen. Und das alles mit der Unterstützung von Luise.

Manon hatte ihm nie das Gefühl gegeben, dass sie auseinander triften könnten. Im Gegenteil, ihre Bindung hatte an Stärke noch zugenommen.

Und doch war eine gewisse Unruhe in ihm, die er sich selbst nicht erklären konnte.

****

La Spezia ist als <Golf der Dichter> bekannt. Die Stadt ist von der einen Seite vom Meer und von der anderen Seite vom Hügelland begrenzt.

Im 2. WK. war La Spezia der Stützpunkt für die 29. U-Flottille, unter ihrem Chef, dem Korvettenkapitän Fritz Frauenheim.

Heute ist La Spezia mit der wichtigste Marinestützpunkt Italiens. Er befindet sich im westlichen Teil des Golfes, unweit von <Cinque Terre>.

Georg und Manon hatten sich nach dem Frühstück in den Shuttlebus gesetzt, der sie zum <Cruise Termi-

nal> brachte, vor der <Cattedrale di Cristo Rei> gelegen.

Diese Kathedrale besticht durch ihre ungewöhnliche, moderne Architektur. Die Kirche liegt auf einem Hügel, von dem aus man eine wunderschöne Aussicht über den Golf von La Spezia hat.

Die runde Form des Innenraums soll an die versammelten Christen – rund um Jesus - erinnern. Die Kuppel wird von 12 Säulen getragen, welche die 12 Apostel symbolisieren sollen.

„Was wollen wir machen?", fragte Georg und Manon antwortete:

„Vielleicht einen kleinen Bummel durch die Stadt und danach eine Fahrt mit dem Boot nach Florenz oder Pisa."

„Das klingt gut", sagte ein bestens gelaunter Georg und gab Manon einen Kuss. Seine Bedenken vom Vorabend hatten sich über Nacht wieder verflüchtigt, was Manon mit Wohlwollen registrierte.

„Ich bin froh, einen solch kompetenten Reiseführer an meiner Seite zu haben."

„Mehr bin ich nicht für dich?" sagte Manon zwinkernd.

„Viel mehr", antwortete Georg, *„und das weißt du auch."*

Manon wollte schon nachhaken, als Georg ihr mit den Worten „*du bist mon grand amour*" zuvorkam.

„*Das wollte ich hören, chéri*", sagte Manon und umarmte Georg. „*Ich bin sehr glücklich, chéri, und du bist auch meine große Liebe.*"

Nach einem ausgiebigen Bummel durch die Fußgängerzone und dem Besuch des <Museo Civico Amedeo Lia> mit dem Bild von El Creco <Cristo abbracciato alla croce>, gingen Georg und Manon in das Einkaufszentrum <Le Terrazze>.

Sie aßen im <Livery Stable>, einem dem <Wilden Westen> nachempfunden Saloon, zu Mittag. Das Essen war gut und die Preise in Ordnung.

Danach stiegen sie die kleine Anhöhe zur Befestigungsanlage <Castello San Giorgio> hinauf und schauten sich die Sammlung historischer Ausstellungsstücke zur Geschichte der Stadt an.

Von den Fundstücken aus der Stein- und Kupferzeit, über die Eisen- und Bronzezeit, bis hin zum römischen Zeitalter, bot sich ihnen ein interessanter Blick auf die Geschichte.

Kunstvoll gestaltete Marmorarbeiten römischer Bildhauer, sowie Büsten und Statuen, aber auch Münzen, Haushaltsgegenstände und religiöse Objekte runden das Bild ab.

Nach dem interessanten Rundgang genossen sie den freien Blick auf die Altstadt, den Hafen und zu den grünen Hügeln des Apennins.

„*Sollen wir jetzt noch in das <Museo Tecnico Navale> gehen*", fragte Manon, „*oder lieber mit der Bahn nach <Cinque Terre> fahren?*"

„*Was ist dir lieber?*", antwortete Georg.

„*Mir würde die Bahnfahrt sehr gefallen*", antwortete Manon, „*zumal ich sie noch nie gemacht habe.*"

„*Aber du warst doch schon mehrere Male hier*", sagte Georg erstaunt.

„*Ja, schon*", antwortete Manon, „*aber da habe ich bzw. mein Mann und ich, immer nur Fahrten nach Pisa oder Florenz gemacht.*"

„*Dann lass uns die Bahnfahrt machen*", antwortete Georg, „*der schiefe Turm in Pisa wird wohl noch länger stehen und in Florenz sind mir außerdem zu viele Leute.*"

„*Du bist so süß, chérie*", sagte Manon und belohnte Georgs Entscheidung mit einem Kuss.

Georg fühlte sich rundum wohl, und er dachte keine Sekunde an Luise. Er fühlte sich einfach angekommen.

Die Eisenbahnstrecke entlang der Küste, von Genua nach La Spezia, führt an fünf Orten vorbei:

<Monterosso al Mare>. <Vernazza>, <Corniglia>, <Manarola> und <Riomaggiore>. Daher auch der Name <Cinque Terre>. Die Region, im Jahr 1997 zum Weltkulturerbe erklärt, ist ein geschützter National-park und wird von ca. 7000 Menschen bewohnt.

Fünf abschüssige Geländeeinschnitte in einer Bergkette bilden diese einmalige Region. Nur eine davon ist mit dem Auto erreichbar. Die anderen vier liegen unmittelbar am Wasser und sind nur mit dem Boot erreichbar.

Der Zug, welcher die meiste Zeit durch Tunnels fährt, gibt immer wieder den Blick aufs Meer frei und hält an allen fünf Stationen. Man kann die Strecke auch erwandern.

Als die beiden Verliebten am späten Nachmittag zurück zum Schiff fuhren, waren sie schon sehr müde. Je näher sie dem Hafen kamen, umso mehr drängte sich Luise wieder in Georgs Gedächtnis zurück.

Manon entging es nicht. Es tat ihr weh mitanzuse-hen, wie die Unbeschwertheit und die gute Laune des Mannes, den sie so sehr liebte, wieder von ihm abfiel wie die welken Blätter eines Baumes im Herbst.

„Alles wird gut, chéri", sagte sie und schmiegte sich ganz fest an Georg.

****

„*Wie geht es dir?*", fragte Georg Luise, als er sie in ihrer Kabine antraf. „*Konnte dir der Professor helfen?*"

„*Ja*", antwortete Luise, „*wie du siehst, trage ich jetzt nur noch eine Schlinge.*"

„*Das freut mich für dich*", sagte Georg, „*ich hatte mir schon Sorgen gemacht, als ihr gestern Abend nicht zurückgekommen seid.*"

„*Hat dir der Kapitän denn nichts gesagt?*", fragte Luise.

„*Doch, doch*", antwortete Georg und wollte schon darauf hinweisen, dass er einigermaßen erstaunt war, dass Luise ihn nicht selbst kontaktiert hatte. Er ließ es aber sein.

„*Ich muss mit dir reden, Georg*", sagte Luise, „*es ist mir sehr wichtig.*"

Georg nickte mit dem Kopf. Ein unbehagliches Gefühl beschlich ihn. Sollte es um seine Beziehung zu Manon gehen? Dass dies nicht der Fall war, sollte er gleich erfahren:

„*Du weißt, wie sehr mir Vertrauen und Ehrlichkeit wichtig sind, Herr Doktor*", begann Luise und schaute Georg dabei eindringlich an.

Georg erschrak. Hatte Luise ihn gerade <Herr Doktor> genannt?

„*Bist du überrascht, lieber Georg?*", sagte Luise und schaute in das blutleere Gesicht ihres Gegenübers.

„*Peter hat mir alles erzählt, und bevor du dich darüber ereiferst, sollst du wissen, dass er davon ausgegangen ist, dass ich das weiß.*"

Georg suchte nach Worten; fand aber ad hoc nicht die richtigen. Luise kam ihm zuvor, indem sie fortfuhr:

„*Dass ich maßlos enttäuscht bin, ist dir wohl klar. Von wegen Vertrauen und Geheimnisse. Du weißt, was ich davon halte.*

Mir war und ist Vertrauen ein hohes Gut, und daher möchte ich dir mitteilen, dass ich mich in Peter verliebt habe. Und das hat nichts mit der Enthüllung deiner Lebenslüge zu tun."

Georg hatte die Worte Luises zwar klar verstanden, sein Hirn vermochten sie jedoch nicht zu verifizieren.

„*Ich finde es nur fair, dass du es von mir erfährst*", sagte Luise weiter. „*Ich habe zwar im Augenblick keine konkreten Vorstellungen, wie das alles weitergehen wird; aber es wird sich bestimmt eine – für alle zufriedenstellende – Lösung finden.*"

Jetzt hatte Georg alles begriffen. Sollte das vielleicht eine Retourkutsche seitens Luise für sein Arrangement mit Manon sein?

Georg verwarf diesen Gedanken augenblicklich. Das wäre keinesfalls der Stil seiner Luise, dessen war er sich gewiss.

„Ich möchte dich bitten, Manon davon in Kenntnis zu setzen, zumal das ja alles verändert."

„Soll das heißten, ich soll aus unserer Kabine ausziehen?", fragte Georg entsetzt. Das Geschehnis drohte ihn gerade zu überrollen.

„Nein, natürlich nicht", antwortete Luise, *„es sei denn du möchtest das, und vorausgesetzt, Manon wäre damit einverstanden."*

Dass letzteres der Fall sein würde, stand für Georg außer Zweifel. Seine Gedanken überschlugen sich.

„Was wäre dir denn lieber?", fragte er Luise.

„Das kann ich dir nicht beantworten", sagte Luise, *„das ist einzig und allein deine Entscheidung, die ich – wie auch immer sie ausfallen wird – respektieren werde."*

„Lässt du mir etwas Bedenkzeit", fragte Georg, *„ich muss in Ruhe darüber nachdenken."*

„Nimm dir so viel Zeit, wie du brauchst", sagte Luise.

Georg verließ die Kabine, um zu Manon zu gehen. Er hoffte, sie würde ihm bei der Entscheidungsfindung helfen.

Manon machte große Augen, als sie die Neuigkeit hörte.

„Das ist ja wundervoll", sagte sie, *„hole deine Sachen, ich räume inzwischen meine Sachen etwas zusammen, damit du Platz hast."*

Georg war sehr froh, dass ihm die Entscheidung von Manon abgenommen worden war. So sehr er sein Leben bisher selbstbestimmt geführt hatte, so hilflos war er in dieser Situation.

Die Frau, um die er so gekämpft hatte, die er über die Maße liebte, für die er auf so manches ihm Wichtige verzichtet hatte, war im Begriff ihn in die Wüste zu schicken.

So sehr er sich bemühte, er konnte es nicht verstehen, dass das so enden sollte. Ein Leben ohne Luise war ihm noch weniger vorstellbar als ein Leben mit Manon.

Auf dem Weg zurück in die Kabine, machte er einen kleinen Umweg in die Krankenstation.

„Hallo Peter, hast du einen Moment Zeit für mich?"

„Ja, komm bitte herein. Ich wollte dich auch schon um ein Gespräch bitten", antwortete Peter.

„Sind wir noch Freunde?", fragte Peter den Eintretenden.

„*Sind wir, waren wir, und werden wir hoffentlich bleiben bis in alle Ewigkeit*", antwortete Georg. Die beiden Männer umarmten einander.

„*Hast du vielleicht schon mit Luise gesprochen?*", fragte Georg den Freund.

„*Was genau meinst du?*", antwortete Peter verunsichert.

„*Hat dich Luise vielleicht vor kurzem angerufen?*", fragte Georg.

„*Nein*", antwortete Peter, „*warum sollte sie?*"

„*Das will ich dir sagen*", antwortete Georg, „*ich bin gerade im Begriff zu Manon in ihre Kabine umzuziehen.*"

Peter schaute den Freund überrascht an.

„*Da schaust du, mein Freund*", sagte Peter, „*das sind doch tolle Neuigkeiten. Jetzt hast du freie Bahn bei Luise.*"

Peter sah den Freund ungläubig an. Georgs Bemerkung verletzte ihn sehr.

„*Das war dumm und übergriffig*", bemühte sich Georg umgehend um Schadensbegrenzung.

„*Ich weiß nicht, was mich gerade geritten hat, das zu sagen. Bitte, entschuldige, Peter!*"

„*Ist schon gut*", antwortete Peter, „*ein bisschen kann ich dich ja auch verstehen. Das Ganze kommt so plötzlich und ist für alle Beteiligten nicht ganz einfach. Wir müssen wohl erst lernen damit umzugehen.*"

„*Danke, mein Freund für dein Verständnis!*", sagte Georg, der sichtlich erleichtert war.

„*Was hältst du davon, wenn wir vier uns heute Abend, wie vor ein paar Tagen, wieder in unserem Restaurant zusammensetzen?*", fragte Peter.

„*Das ist eine sehr gute Idee*", antwortete Georg, „*aber dieses Mal bin ich der, der einlädt.*"

„*Einverstanden*", sagte Peter.

„*Aber halt*", sagte Georg, „*das geht ja nicht.*"

„*Und warum nicht?*", fragte Peter.

„*Na, weil heute Abend doch das Kapitänsdinner stattfindet, und wir am Tisch des Kapitäns sitzen werden.*"

„*Möchtest du wirklich heute Abend am Tisch des Kapitäns sitzen. Und wenn, neben wem sollen du und ich dann sitzen?*"

„*Du hast recht*", antwortete Georg, „*ich denke, unsere Damen werden auch nicht von der Idee begeistert sein.*"

„*Dann werden wir das Kapitänsdinner einfach schwänzen*", sagte Peter.

„*Ja, geht denn das so ohne weiteres?*", fragte Georg.

„*Wir werden es einfach tun*", antwortete Peter.

„*Werden wir auch keine Schwierigkeiten bekommen?*", fragte Georg.

„*Das lasse einmal meine Sorge sein, mein Freund; das nehme ich auf meine Kappe.*"

****

Das Restaurant war vollkommen leer, als die vier Freunde am Abend Platz nahmen. Am meisten staunte der Ober, als er sah, dass auch der Schiffsarzt zugegen war.

Er brachte den bestellten Champagner und verkniff sich mit aller Macht die Bemerkung, dass doch heute Abend eigentlich das Kapitänsdinner am Programm stünde.

Georg stand auf, schaute von Gesicht zu Gesicht, und begann dann mit seiner kleinen Rede:

„Liebe Luise, liebe Manon, lieber Peter.

Als ich mit Luise in Genua an Bord der Aurora gegangen bin, war ich ein zufriedener und glücklicher Ehemann. Seither sind nur ein paar Tage vergangen und inzwischen ist aus dem zufriedenen und glücklichen Ehemann der Liebhaber einer anderen Frau geworden.

Ich bedauere das keineswegs, weiß ich doch, dass meine – entschuldige, mein Freund, ich meine natürlich jetzt deine – Luise einen anderen Mann gefunden hat, der ihr ebenbürtig ist.

Der Name des Schiffes <Aurora> bedeutet ja – wie wir alle wissen – so viel wie <Morgenröte> oder <Aufbruch>. Er kündet den Neuanfang des Tages, so wie auch wir einen Neuanfang beginnen, von dem ich hoffe, dass er all unseren Wünschen und Sehnsüchten gerecht werden wird.

Ich danke dir, liebe Luise für die wunderbaren Jahre, die mir an deiner Seite vergönnt waren, und ich wünsche dir und Peter alles Glück dieser Erde. Bitte, trinkt mit mir auf die Liebe und auf unsere Freundschaft. Beide mögen uns unverbrüchlich erhalten bleiben.“

Luise hatte Tränen in den Augen, als sie mit den anderen ihr Glas erhob. Das hätte sie von ihrem Georg nicht erwartet. Nachdem sie getrunken hatte, stand sie auf, ihr Glas noch in Hand haltend, und sagte:

„Ich bin sehr berührt von deinen Worten, lieber Georg, und ich danke dir von ganzem Herzen. Ich möchte dir und Manon ebenso Glück wünschen, und ich hoffe, dass unsere Freundschaft stark genug ist jeden Stein –egal wie groß oder klein – aus dem Weg zu räumen. Auf uns und die Freundschaft!"

Jetzt war es Manon ein paar Worte zu sagen.

„Ihr wunderbaren Menschen", sagte sie mit tränenerstickten Worten, *„ihr habt zwar schon alles so schön gesagt, wie ich es nicht besser könnte; aber ich möchte trotzdem ein paar Worte sagen, wenn ihr erlaubt.*

Als ich vor ein paar Tagen meine alljährliche Gedächtnisreise angetreten habe, schien es eine Reise zu werden, wie ich sie bisher immer gemacht habe. Meine ständigen Begleiter waren wie immer Wehmut, Traurigkeit und schmerzliche Erinnerungen.

Das hat sich schlagartig geändert, als Pierre, mon bon ami, mich mit euch bekannt gemacht hat. Ihr habt mich sofort und liebevoll bei euch aufgenommen. Was dann geschehen ist, lag nicht mehr in unserer Hand.

Die Liebe ist wie ein Gewitter. Man weiß nie, wohin der Blitz einschlägt. Ich hätte nicht gedacht, dass es bei mir noch einmal Boum! macht.

Ich danke dem Schicksal, dass mich der Blitz ge-troffen hat, und ich danke dir, ma bien-aimée amie Louise, dass du so bist, wie du bist. Du bist wunder-bar und ich liebe dich!"

Mit diesen Worten ging Manon zu Luise und küsste sie auf den Mund. Dieses Mal hatte Luise keine Zeit den Kuss auf die Wange umzuleiten; Manon war einfach schneller.

„Keine Angst", sagte Peter, *„ich werde nicht auch noch eine Rede halten, zumal ich gar nicht wüsste, was ich sagen sollte.*

Es wurde bereits alles in wunderbaren Worten ge-sagt, denen ich mich gern anschließe. Aber jetzt habe ich Hunger und möchte etwas essen."

Zum großen Erstaunen aller, nahm Luise ihren Arm aus der Schlinge, um selbständig zu essen. Le-diglich zum Zerkleinern des Fleisches nahm sie Peters Hilfe in Anspruch.

Peter hatte ihr noch vorher einen neuen Kräuter-salbenverband aufgelegt, und so konnte Luise, wenn auch mit ein wenig Schmerzen, endlich wieder ihren Arm benützen.

Das Telefon des Doktors läutete und Peter nahm das Gespräch entgegen.

„Ich kann es dir erklären; aber nicht am Telefon. Wenn du möchtest, dann komme bitte nachher noch

ins Restaurant. Wir werden noch eine geraume Weile hier sein."

"*Wer war das?*", fragte Luise.

"*Das war der Kapitän*", antwortete Peter, "*er hat gefragt, warum am Kapitänstisch vier Stühle unbesetzt blieben.*"

"*Oh je*", sagte Georg, "*ich glaube, uns droht Ungemach.*"

"*Ganz bestimmt nicht*", antwortete Peter lachend.

Etwa eine gute Stunde später ging die Tür zum Restaurant auf und der Kapitän erschien. Er hatte sich umgezogen und private Kleidung angelegt.

"*Du elender Halunke*", begrüßte er den Schiffsarzt, "*mich mit der Meute allein zu lassen.*

Aber Schwamm drüber; jetzt bin ich ja in liebenswerter Gesellschaft. Ober, Champagner!"

Spätestens jetzt erkannten die anderen, wie nah sich Kapitän und Schiffsarzt stehen mussten. Gegen Mitternacht verließ der Kapitän die kleine, illustre Gesellschaft mit den Worten:

"*Die Pflicht ruft; ich muss in ein paar Stunden die Aurora sicher in Genua anlegen, und brauche noch eine Mütze Schlaf.*

Ich wünsche allen noch einen vergnüglichen Abend!"

Nur unwesentlich später forderte auch bei den vier Freunden der Schlaf sein Recht. Und zum ersten Mal schliefen die beieinander, die das Schicksal auf unglaubliche Art und Weise zusammengeführt hatte.

****

Die Aurora hatte wohlbehalten um 8:00 Uhr am Kai festgemacht. Die vier Freunde setzten sich ein letztes Mal zusammen.

„Ich habe in der Bretagne, nahe am Meer, ein Haus mit vielen Zimmern", sagte Manon, *„und ich wäre sehr glücklich, wenn wir uns alle dort wiedersehen würden."*

„Das machen wir", sagte Luise, *„sobald wir ein paar Dinge geklärt und erledigt haben, werden wir uns dort treffen."*

„Du kommst doch auch, Docteur", sagte Manon mit einem Lächeln.

„Bien sure, chérie, wenn du mich einlädst", antwortete Peter.

Die vier Freunde verabschiedeten sich in dem Bewusstsein, eine Reise erlebt zu haben, wie man sie nur einmal im Leben macht.

****